Contemporánea

Albert Camus (Mondovi, Argelia, 1913 - Villeblevin, Francia, 1960) fue uno de los escritores e intelectuales franceses más importantes del siglo XX. Escribió novelas, relatos, ensayos, crónicas y obras de teatro, así como adaptaciones escénicas de grandes novelas modernas. Durante la ocupación alemana dirigió el periódico de la Resistencia francesa *Combat* y, después de la guerra, mantuvo una postura de izquierdas, aunque se fue alejando del marxismo y el comunismo. En su labor periodística, abordó la realidad francesa de su época, dio cuenta de las injusticias presenciadas en su Argelia natal y defendió la causa de la República española. Muy próximo a España y su cultura, adaptó a la escena francesa *El caballero de Olmedo* de Lope de Vega y *La devoción de la cruz* de Pedro Calderón de la Barca. Entre sus libros destacan las novelas *El extranjero*, *La peste* y *La caída*; las piezas *Calígula* y *El malentendido*; y los ensayos *El mito de Sísifo* y *El hombre rebelde*. Autor de una obra amplia y polifacética, Albert Camus recibió el Premio Nobel de Literatura en 1957 «por su importante producción literaria, que ilumina con lúcida seriedad los problemas de la conciencia humana de nuestro tiempo».

PREMIO NOBEL DE LITERATURA

Albert Camus

El extranjero

Traducción de
María Teresa Gallego Urrutia
y Amaya García Gallego

DEBOLSILLO

Papel certificado por el Forest Stewardship Council®

MIXTO
Papel
FSC® C117695

Penguin
Random House
Grupo Editorial

Título original: *L'étranger*

Primera edición con esta presentación: noviembre de 2025
Segunda reimpresión: mayo de 2026

Printed in Spain – Impreso en España

ISBN: 978-84-663-8815-3
Depósito legal: B-16.314-2025

Impreso en Liberdúplex
Sant Llorenç d'Hortons (Barcelona)

P388153

PRIMERA PARTE

I

Mamá se ha muerto hoy. O puede que ayer, no lo sé. He recibido un telegrama del asilo: «Madre fallecida. Entierro mañana. Sentido pésame». No quiere decir nada. A lo mejor fue ayer.

El asilo de ancianos está en Marengo, a ochenta kilómetros de Argel. Cogeré el coche de línea de las dos y llegaré por la tarde. Así podré velarla y volveré mañana por la noche. He pedido dos días libres al jefe, que no ha podido negármelos con un pretexto como este. Pero parecía fastidiado. Hasta llegué a decirle: «No es culpa mía». No contestó. Pensé entonces que no debería haberle dicho algo así. Bien pensado, no tenía por qué disculparme. Más bien es él quien debería darme el pésame. Pero seguramente lo hará pasado mañana, cuando me vea de luto. De momento, hasta cierto punto, es como si mamá no se hubiera muerto. Después del entierro, ya será un asunto zanjado y todo tendrá una apariencia oficial.

Cogí el coche de línea a las dos. Hacía mucho calor. Comí en el restaurante, donde Céleste, como de costumbre. Todos estaban muy apenados por mí y Céleste me dijo: «Madre no hay más que una». Cuando me marché, salieron a despedirme a la puerta. Yo estaba un poco ido, porque había tenido que subir a casa de Emmanuel para pedirle prestados una corbata negra y un brazal. Su tío falleció hace unos meses.

Corrí para no llegar tarde. Por las prisas y la carrera, seguramente por todo eso, sumado al traqueteo, al olor a gasolina y a la reverberación de la carretera y del cielo, me amodorré. Dormí casi todo el trayecto. Y, cuando me desperté, iba apelmazado contra un militar que me sonrió y me preguntó si venía de lejos. Le dije que sí, para no tener que seguir hablando.

El asilo está a dos kilómetros del pueblo. Fui a pie. Quise ver a mamá nada más llegar. Pero el portero me dijo que tenía que hablar con el director. Como estaba ocupado, esperé un poco. Todo ese rato, el portero estuvo charlando y luego vi al director: me recibió en su despacho. Era un viejecito con la Legión de Honor. Me miró con sus ojos claros. Luego me estrechó la mano y tardó tanto en soltármela que yo no sabía muy bien cómo retirarla. Miró un expediente y me dijo: «La señora Meursault ingresó hace tres años. Solo lo tenía a usted». Creí que me estaba reprochando algo y empecé a darle explicaciones. Pero me interrumpió: «Hijo, no tiene que justificarse. He leído el expediente de su madre. No podía usted atender a sus necesidades. Necesitaba una cuidadora. Tiene usted un sueldo modesto. Y, a fin de cuentas, aquí era feliz». Dije: «Sí, señor director». Añadió: «Aquí tenía amigos, ¿sabe?, personas de su edad. Podía compartir con ellas intereses que son de otra época. Usted es joven y debía de resultarle aburrido».

Era verdad. Cuando estaba en casa, mamá se pasaba todo el rato siguiéndome con la vista en silencio. Los primeros días de estar en el asilo, lloraba a menudo. Pero era por la costumbre. Al cabo de unos meses, habría llorado si la hubieran sacado del asilo. También por aquello de la costumbre. Por eso, hasta cierto punto, en este último año casi no fui a verla. Y también porque me quedaba sin el domingo, eso sin contar con el esfuerzo de ir al coche de línea, sacar los billetes y pasar dos horas de viaje.

El director siguió contándome cosas. Pero yo casi no atendía. Luego, me dijo: «Supongo que quiere ver a su madre». Me puse de pie sin decir nada y fue, delante de mí, hasta la puerta. En las escaleras, me explicó: «La hemos llevado a nuestro pequeño tanatorio. Para no impresionar a los demás. Cada vez que se muere un interno, los demás están nerviosos dos o tres días. Y eso es un trastorno para el servicio». Cruzamos un patio donde había muchos ancianos charlando en grupitos. Se callaban al pasar nosotros. Y las conversaciones se reanudaban a nuestras espaldas. Era como un parloteo sordo de cotorras. A la puerta de un edificio pequeño, el director se marchó: «Lo dejo, señor Meursault. Me tiene a su disposición en mi despacho. En principio, el entierro está previsto para las diez de la mañana. Hemos pensado que así podrá velar a la difunta. Una última cosa: su madre, por lo visto, les comentó a menudo a sus compañeros el deseo de un entierro religioso. Me he encargado de tomar las disposiciones necesarias. Pero quería que usted lo supiera». Le di las gracias. Mamá, sin ser atea, nunca se había acordado en vida de la religión.

Entré. Era una sala muy luminosa, encalada y techada con una cristalera. La amueblaban unas sillas y unos caballetes en forma de equis. Encima de dos de ellos, en el centro, había un ataúd tapado. Solo destacaban unos tornillos relucientes, apenas enroscados, en las tablas barnizadas con nogalina. Junto al ataúd estaba una enfermera árabe con un blusón blanco y un pañuelo de un color llamativo en la cabeza.

En ese momento entró el portero y se quedó detrás de mí. Parecía que había venido corriendo. Tartamudeó un poco: «La han tapado, pero tengo que quitarle los tornillos al ataúd para que pueda usted verla». Se estaba acercando al ataúd cuando lo detuve. Me dijo: «¿No quiere?». Le contesté: «No». Se interrumpió y yo me sentía violento porque notaba que no debería haberle dicho eso. Al cabo de un momento, me miró y me preguntó: «¿Por qué?», pero sin reproche, como si pidiera información. Respondí: «No lo sé». Entonces, retorciéndose el bigote blanco, dijo: «Entiendo». Tenía unos ojos bonitos, azul claro, y la tez un poco encarnada. Me dio una silla y él se sentó algo más atrás. La cuidadora se puso de pie y se encaminó a la salida. En ese momento el portero me dijo: «Esta tiene un chancro». Como no lo entendía, miré a la enfermera y vi que llevaba, bajo los ojos, una venda que le rodeaba la cabeza. A la altura de la nariz, la venda era plana. En la cara solo se veía la blancura de la venda.

Cuando se fue, el portero habló: «Voy a dejarlo a solas». No sé qué gesto hice, pero se quedó de pie, detrás de mí. Esa presencia, a mi espalda, me molestaba. Llenaba la habitación una hermosa luz de media tarde. Dos abejorros zumbaban pegados a la cristalera. Y notaba que me estaba entrando sueño. Le dije al portero, sin volverme: «¿Hace mucho que trabaja aquí?». Me contestó en el acto: «Cinco años», como si llevase toda la vida esperando esa pregunta mía.

Luego, charló largo y tendido. Quién le iba a decir que acabaría de portero en el asilo de Marengo. Tenía sesenta y cuatro años y era de París. En ese momento, lo interrumpí: «¡Ah! ¿No es usted de aquí?». Luego, me acordé de que, antes de llevarme a ver al director, me había hablado de mamá. Me dijo que había que enterrarla enseguida porque en la llanura hacía calor, sobre todo en este país. Entonces fue cuando me contó que había vivido en París y que le costaba olvidarlo. En París se quedan con el muerto tres o cuatro días a veces. Aquí no da tiempo, cuando aún no se ha hecho uno a la idea ya hay que echar a correr detrás del coche fúnebre. Su mujer le dijo entonces: «Cállate, esas no son cosas para contarle a este señor». El viejo se puso colorado y se disculpó. Yo intervine para decir: «Da igual. Da igual». Me parecía que lo que decía era cierto e interesante.

En el pequeño tanatorio, me contó que había entrado en el asilo como indigente. Como se encontraba en condiciones, se había ofrecido para ese puesto de portero. Le hice notar que, en resumidas cuentas, era un interno. Me dijo que no. A mí ya me había llamado la atención la forma que tenía de decir «ellos», «los demás» y, con menor frecuencia, «los viejos» al referirse a los internos, algunos de los cuales no eran mayores que él. Pero, por supuesto, no era lo mismo. Él era portero y, dentro de un orden, mandaba en ellos.

La cuidadora entró en ese momento. Había caído la noche de repente. La oscuridad se había vuelto densa encima de la cristalera. El portero dio la luz y me cegó su repentina salpicadura. Me dijo que fuera al refectorio a cenar. Pero yo no tenía hambre. Entonces se ofreció a traerme una taza de café con leche. Como me gusta mucho el café con leche, acepté y volvió un ratito después con una bandeja. Me lo bebí. Entonces, me entraron ganas de fumar. Pero dudé, porque no sabía si podía hacerlo delante de mamá. Me lo pensé, no tenía ninguna importancia. Le ofrecí un cigarrillo al portero y fumamos.

En un momento dado, me dijo: «Los amigos de su señora madre van a venir a velarla también, ¿sabe? Es lo habitual. Tengo que ir a buscar sillas y café solo». Le pregunté si podía apagar una de las lámparas. El resplandor de la luz en las paredes blancas me cansaba. Me dijo que no era posible. La instalación era así: o todo o nada. No le hice ya mucho caso. Se fue; volvió, colocó unas sillas. En una de ellas apiló las tazas alrededor de una cafetera. Luego se sentó enfrente, del otro lado de mamá. La cuidadora también estaba al fondo, de espaldas. Yo no veía lo que estaba haciendo. Pero, por el movimiento de los brazos, podía pensarse que hacía punto. La temperatura era agradable, el café me había entonado y, por la puerta abierta, entraba un olor a noche y a flores. Creo que me quedé traspuesto.

Fue un roce lo que me despertó. Por haber tenido los ojos cerrados, la blancura de la habitación me pareció aún más resplandeciente. No había ante mí ni una sombra y todos los objetos, todos los ángulos y todas las curvas se dibujaban con una nitidez que hacía daño a la vista. Fue en ese momento cuando los amigos de mamá entraron. En total eran unos diez y se deslizaban en silencio por esa luz cegadora. Se sentaron sin que crujiese ninguna silla. Los veía como nunca he visto a nadie y no se me escapaba ni un detalle de sus caras o de su ropa. Sin embargo, no los oía y me costaba creer que fueran reales. Casi todas las mujeres llevaban delantal y la cinta que lo ceñía a la cintura les marcaba aún más la tripa abombada. Nunca me había fijado en cuánta tripa pueden llegar a tener las mujeres viejas. Los hombres eran casi todos muy flacos y llevaban bastón. Lo que me llamaba la atención era que en la cara no se les veían los ojos, sino solamente una luz sin brillo en medio de un nido de arrugas. Cuando se sentaron, la mayoría me miró e inclinó la cabeza con apuro, con los labios chupados en la boca sin dientes, sin que yo pudiera saber si me estaban saludando o si se trataba de un tic. Más bien creo que me saludaban. Fue en ese momento cuando me di cuenta de que estaban todos sentados delante de mí, cabeceando, alrededor del portero. Por un momento tuve la impresión ridícula de que estaban allí para juzgarme.

Poco después, una de las mujeres empezó a llorar. Estaba en la segunda fila, me la tapaba una de sus compañeras y la veía mal. Lloraba con chilliditos regulares y parecía que no iba a dejarlo nunca. Para los demás, era como si no la oyesen. Estaban encogidos, mohínos y silenciosos. Miraban el ataúd o su bastón o cualquier otra cosa, pero solo miraban eso. La mujer seguía llorando. Me tenía muy extrañado porque no la conocía. Me habría gustado dejar de oírla. Sin embargo, no me atrevía a decírselo. El portero se inclinó hacia ella y le habló, pero ella sacudió la cabeza, farfulló algo y siguió llorando con la misma regularidad. El portero se me acercó entonces. Se sentó a mi lado. Al cabo de un buen rato, me informó sin mirarme: «Estaba muy unida a su señora madre. Dice que era su única amiga aquí y que ahora ya no tiene a nadie».

Nos quedamos así un buen rato. Los suspiros y los sollozos de la mujer se iban espaciando. Sorbía mucho. Al final se calló. A mí se me había pasado el sueño, pero estaba cansado y me dolían los riñones. Ahora lo que me agobiaba era el silencio de toda esa gente. Solo de vez en cuando oía algún ruido peculiar y no conseguía entender qué era. A la larga, acabé por intuir que algunos ancianos se chupaban las mejillas por dentro y soltaban esos chasquidos raros. Estaban tan ensimismados que ni se daban cuenta. Yo incluso tenía la impresión de que aquella muerta, tendida entre ellos, no significaba nada. Pero ahora creo que era una impresión equivocada.

Tomamos todos café, que nos sirvió el portero. Luego, ya no sé qué pasó. Transcurrió la noche. Recuerdo que en un momento dado abrí los ojos y vi que los ancianos dormían, apelmazados sobre sí mismos, salvo uno que, con la barbilla en el dorso de las manos aferradas al bastón, me miraba fijamente como si solo estuviera esperando a que me despertase. Luego seguí durmiendo. Me desperté porque cada vez me dolían más los riñones. La luz del día se colaba por la cristalera. Poco después se despertó uno de los ancianos y tosió mucho. Escupía en un pañuelo grande de cuadros y cada escupitajo era como si se arrancase algo.

Despertó a los demás y el portero dijo que tenían que irse. Se pusieron de pie. Con la incomodidad del velatorio tenían la cara cenicienta. Al salir, y para mayor extrañeza mía, todos me estrecharon la mano, como si por pasar esa noche sin cruzar palabra nos hubiéramos vuelto más íntimos.

Estaba cansado. El portero me llevó a su casa y pude asearme un poco. Me tomé otro café con leche, que estaba muy bueno. Cuando salí ya era totalmente de día. Por encima de las colinas que separan Marengo del mar, el cielo estaba lleno de zonas rojas. Y el viento que les pasaba por encima traía hasta aquí un olor a sal. Estaba arrancando un día muy hermoso. Hacía mucho que yo no había ido al campo y notaba qué bien me habría sentado dar un paseo si no hubiera sido por mamá.

Pero esperé en el patio, debajo de un plátano. Olía el aroma de la tierra fresca y ya no tenía sueño. Me acordé de los compañeros de la oficina. A estas horas, se estaban levantando para ir a trabajar: a mí me resultaba siempre la hora más difícil. Seguí pensando un poco en esas cosas, pero me distrajo una campana que sonaba dentro de los edificios. Hubo cierto revuelo detrás de las ventanas y luego todo se tranquilizó. El sol estaba un poco más alto en el cielo: empezaba a calentarme los pies. El portero cruzó el patio y me dijo que el director preguntaba por mí. Fui a su despacho. Me dio unos cuantos documentos para que los firmara. Vi que iba de negro, con un pantalón rayado. Agarró el teléfono y se dirigió a mí: «Los empleados de la funeraria llevan aquí un rato. Voy a decirles que vengan a cerrar el ataúd. ¿Quiere ver antes a su madre por última vez?». Dije que no. Ordenó por teléfono, bajando la voz: «Figeac, diga a los hombres que adelante».

Luego me dijo que iba a asistir al entierro y le di las gracias. Se sentó detrás de su escritorio y cruzó las piernas cortas. Me avisó de que íbamos a estar solos con la enfermera de servicio. En principio, los internos no debían asistir a los entierros. Solo se les permitía ir al velatorio: «Es una cuestión de humanidad», comentó. Pero en esta ocasión había autorizado a incorporarse al cortejo fúnebre a un viejo amigo de mamá: «Thomas Pérez». Aquí el director sonrió. Me dijo: «Verá, es un sentimiento un tanto pueril. Pero él y su madre estaban siempre juntos. En el asilo les gastaban bromas, le decían a Pérez: "Es su novia". Él se reía. Les gustaba a los dos. Y el hecho es que la muerte de la señora Meursault lo ha afectado mucho. No me ha parecido oportuno negarle el permiso. Pero, por consejo del médico, le prohibí que ayer fuera al velatorio».

Nos quedamos callados bastante rato. El director se puso de pie y miró por la ventana del despacho. En un momento dado, dijo: «Ya está aquí el párroco de Marengo. Llega temprano». Me avisó de que habría que andar por lo menos tres cuartos de hora para ir a la iglesia, que está en el pueblo mismo. Bajamos. Delante del edificio estaban el párroco y dos monaguillos. Uno llevaba un incensario y el cura se agachaba hacia él para regular la longitud de la cadenilla de plata. Al llegar nosotros, el cura se incorporó. Me llamó «hijo mío» y me dijo unas cuantas palabras. Entró y yo lo seguí.

Vi de pronto que los tornillos del ataúd estaban apretados y que había cuatro hombres negros en la habitación. Oí al mismo tiempo que el director me decía que el coche esperaba en la carretera y al párroco que empezaba con sus oraciones. A partir de ese momento, todo fue muy deprisa. Los hombres se acercaron al ataúd con un paño. El sacerdote, sus acompañantes, el director y yo salimos. Delante de la puerta había una señora a quien no conocía: «El señor Meursault», dijo el director. No oí el nombre de la señora y solo me enteré de que era la enfermera delegada. Inclinó sin sonreír la cara huesuda y larga. Luego nos apartamos para dejar pasar el cuerpo. Fuimos detrás de quienes lo llevaban y salimos del asilo. Delante de la puerta estaba el coche. Acharolado, alargado y reluciente, recordaba un plumier. Al lado estaba el empleado de la funeraria, un hombrecillo con una ropa ridícula, y un anciano que parecía incómodo. Deduje que era el señor Pérez. Llevaba un sombrero de fieltro flexible de copa redonda y ala ancha (se lo quitó cuando salió el ataúd por la puerta), un traje con el bajo de los pantalones hecho un acordeón encima de los zapatos y una pajarita de tela negra demasiado pequeña para la camisa de cuello blanco y grande. Le temblaban los labios bajo una nariz cuajada de espinillas. Entre el pelo blanco, bastante fino, le asomaban unas curiosas orejas caídas y mal rematadas cuyo color rojo sangre en esa cara tan pálida me llamó la atención. El empleado de la funeraria nos indicó nuestro sitio. El párroco iba delante, y después el coche. Rodeándolo, los cuatro hombres. Detrás, el director y yo. Cerraban la marcha la enfermera delegada y el señor Pérez.

El cielo ya estaba lleno de sol. Empezaba a caer con fuerza y el calor subía deprisa. No sé por qué estuvimos esperando bastante rato antes de ponernos en marcha. Yo tenía calor con aquella ropa oscura. El viejecito, que se había vuelto a poner el sombrero, se lo quitó otra vez. Yo me había girado a medias hacia él y lo estaba mirando cuando el director me empezó a contar cosas suyas. Me dijo que mi madre y el señor Pérez iban muchas veces de paseo, al caer la tarde, hasta el pueblo, acompañados de una enfermera. Miré el campo que tenía alrededor. Viendo las hileras de cipreses que conducían a las colinas, cerca del cielo, aquella tierra roja y verde, aquellas casas, pocas y bien trazadas, entendía a mamá. El atardecer, en aquella comarca, debía de ser como una tregua melancólica. Hoy, el sol rebosante que estremecía el paisaje lo tornaba inhumano y deprimente.

Echamos a andar. Fue en ese momento cuando me di cuenta de que Pérez renqueaba. El coche, poco a poco, iba cogiendo velocidad y el anciano perdía terreno. Uno de los hombres que rodeaban el coche se había quedado atrás también y ahora andaba a mi altura. Me sorprendía la rapidez con que iba subiendo el sol en el cielo. Me di cuenta de que hacía ya mucho que el campo zumbaba con el canto de los insectos y los chasquidos de la hierba. Me corría el sudor por las mejillas. Como no tenía sombrero, me abanicaba con el pañuelo. El empleado de la funeraria me dijo entonces algo que no oí. Al tiempo, se enjugaba la cabeza con un pañuelo que llevaba en la mano izquierda y con la mano derecha se alzaba el borde de la gorra. Le dije: «¿Cómo?». Repitió, señalando el cielo: «¡Cómo pega!». Le dije: «Sí». Poco después preguntó: «¿Es su madre la que va ahí?». Volví a decir: «Sí». «¿Era vieja?» Contesté: «Regular», porque no sabía la edad exacta. Luego, se calló. Me volví y vi al viejo, a Pérez, que nos iba siguiendo a unos cincuenta metros. Apretaba el paso, balanceando el sombrero con el brazo caído. Miré también al director. Caminaba con dignidad, sin un gesto de más. Unas cuantas gotas de sudor le afloraban en la frente, pero no se las secaba.

Me daba la impresión de que el cortejo andaba algo más deprisa. A mi alrededor seguía el mismo campo luminoso saturado de sol. El resplandor del cielo era insoportable. En un momento dado pasamos por un tramo de carretera que habían arreglado recientemente. El sol había agrietado el asfalto. Los pies se hundían en él y dejaban abierta su pulpa brillante. Asomando por encima del coche, el sombrero del cochero, de cuero rígido, parecía amasado con este barro negro. Yo estaba un poco perdido, entre el cielo azul y blanco y la monotonía de esos colores, negro pegajoso del asfalto agrietado, negro apagado de la ropa y negro lacado del coche. Todo junto, el sol, el olor a cuero y a boñigas del coche, el del barniz y el del incienso, el cansancio de una noche de insomnio, me enturbiaban la vista y las ideas. Me di otra vez la vuelta: Pérez me pareció muy alejado, perdido en una vaharada de calor, hasta que dejé de verlo. Lo busqué con la mirada y vi que se había salido de la carretera e iba campo a través. Comprobé también que, por delante de mí, la carretera giraba. Comprendí que Pérez, que conocía la zona, estaba atajando para alcanzarnos. En la curva se reunió con nosotros. Luego, lo perdimos. Volvió a tirar campo a través y así varias veces. Yo notaba cómo me latía la sangre en las sienes.

Luego todo ocurrió tan precipitadamente, con tanto aplomo y naturalidad, que ya no me acuerdo de nada. Solo de una cosa: a la entrada del pueblo, la enfermera delegada me habló. Tenía una voz peculiar que no le pegaba con la cara, una voz melodiosa y trémula. Me dijo: «Si se anda despacio, hay peligro de insolación. Pero si se anda demasiado deprisa, se suda y en la iglesia se coge un pasmo». Tenía razón. No había escapatoria. Me quedan algunas imágenes más de este día; por ejemplo, la cara de Pérez la última vez que nos alcanzó, cerca del pueblo. Le chorreaban por las mejillas lagrimones de nerviosismo y pena. Pero, por culpa de las arrugas, no corrían. Se estancaban, se juntaban y formaban un barniz de agua en aquella cara estragada. Hubo además la iglesia y los vecinos del pueblo en las aceras, los geranios rojos en las tumbas del cementerio, el desmayo de Pérez (hubiérase dicho un pelele desvencijado), la tierra color sangre que rodaba por encima del ataúd de mamá, la carne blanca de las raíces entremezcladas con ella, más gente, voces, el pueblo, la espera delante de un café, el ronquido continuo del motor y mi alegría cuando el coche de línea entró en el nido de luces de Argel y pensé que me iba a meter en la cama y a pasarme doce horas durmiendo.

II

Al despertarme entendí por qué mi jefe parecía tan molesto cuando le pedí los dos días de permiso: hoy es sábado. Se me había olvidado, como quien dice, pero, al levantarme, se me vino a la cabeza. Mi jefe, como es lógico, pensó que así iba a tener cuatro días de vacaciones, sumándoles el domingo, y no podía parecerle bien. Pero, por una parte, yo no tengo la culpa de que enterrasen a mamá ayer en vez de hoy, y, por otra, de todas formas no habría trabajado ni el sábado ni el domingo. Por supuesto, eso no me impide entender a mi jefe a pesar de todo.

Me costó levantarme porque estaba cansado del día anterior. Mientras me afeitaba, me pregunté qué iba a hacer y decidí ir a bañarme. Cogí el tranvía para ir a los baños del puerto. Al llegar, me metí en el canal. Había mucha gente joven. En el agua me encontré con Marie Cardona, una antigua mecanógrafa de mi oficina que me gustaba por entonces. Yo también a ella, creo. Pero se fue al poco tiempo y no nos dio tiempo a nada. La ayudé a subirse a una boya y, al hacerlo, le rocé los pechos. Yo seguía en el agua mientras ella ya estaba tumbada boca abajo en la boya. Se volvió hacia mí. Tenía el pelo en los ojos y se reía. Me subí a pulso a la boya, a su lado. Se estaba bien y, como en broma, eché la cabeza hacia atrás y se la apoyé en el vientre. No dijo nada y así me quedé. Tenía todo el cielo en los ojos y era azul y dorado. Bajo la nuca, notaba el vientre de Marie latir despacio. Nos quedamos así mucho rato en la boya, medio dormidos. Cuando el sol apretó demasiado, ella se tiró al agua y yo la seguí. La alcancé, le pasé la mano por la cintura y nadamos juntos. Ella seguía riéndose. En el muelle, mientras nos secábamos, me dijo: «Estoy más morena que usted». Le pregunté si quería ir conmigo al cine esa noche. Volvió a reírse y me dijo que le apetecía ver una película de Fernandel. Cuando ya estuvimos vestidos, pareció sorprenderse mucho al verme con corbata negra y me preguntó si estaba de luto. Le dije que mamá se había muerto. Como quería saber cuándo había sido, contesté: «Ayer». Se apartó un poco, pero no comentó nada. Me entraron ganas de decirle que no era culpa mía, pero no llegué a hacerlo porque pensé que ya se lo había dicho a mi jefe. No tenía sentido. De todas formas, siempre somos un poco culpables.

Por la noche, a Marie se le había olvidado todo. La película tenía gracia a ratos pero en realidad era muy tonta. Marie tenía la pierna pegada a la mía. Yo le acariciaba los pechos. Cuando iba a terminar la sesión, la besé, pero mal. A la salida, se vino conmigo a casa.

Cuando me desperté, Marie se había marchado. Me había explicado que tenía que ir a casa de su tía. Pensé que era domingo y me fastidió: no me gustan los domingos. Así que me di media vuelta en la cama, busqué en la almohada el olor a sal que había dejado el pelo de Marie y dormí hasta las diez. Luego estuve fumando cigarrillos, sin levantarme, hasta las doce. No quería almorzar donde Céleste, como solía, porque seguro que me habría preguntado cosas, que es algo que no me gusta. Me hice unos huevos duros y me los comí en la propia fuente, sin pan, porque no me quedaba y no quería bajar a comprar.

Después de almorzar me aburrí un poco y anduve dando vueltas por el piso. Era cómodo cuando estaba mamá. Ahora me resulta demasiado grande y he tenido que llevarme a mi cuarto la mesa del comedor. Ya solo vivo en esta habitación, entre las sillas de paja un poco desfondadas, el armario con la luna amarillenta, el tocador y la cama de cobre. Lo demás lo tengo abandonado. Algo después, por hacer algo, cogí un periódico viejo y lo leí. Recorté un anuncio de las sales Kruschen y lo pegué en un cuaderno viejo donde pongo las cosas de los periódicos que me hacen gracia. También me lavé las manos y, al final, me asomé al balcón.

Mi cuarto da a la calle principal del arrabal. La tarde estaba hermosa. Pero el suelo estaba pringoso y todavía pasaba poca gente, y con prisas. Primero fueron familias que iban de paseo. Dos niños con trajes de marinero; los pantalones les llegaban por encima de la rodilla e iban algo envarados en la ropa tiesa. Y una niña con un lazo rosa grande y zapatos de charol negro. Detrás, una madre muy gorda con un vestido de seda marrón, y el padre, un hombre algo canijo a quien conocía de vista. Llevaba canotier, pajarita y bastón. Al verlo con su mujer entendí por qué decían de él en el barrio que era distinguido. Después pasaron los jóvenes del arrabal, con el pelo reluciente de fijador y corbata roja, chaquetas muy entalladas con un pañuelo bordado en el bolsillo y zapatos de punta cuadrada. Pensé que iban a los cines del centro. Por eso salían tan temprano y apretaban el paso camino del tranvía entre fuertes risas.

Cuando hubieron pasado, la calle, poco a poco, se quedó casi desierta. Habían empezado todos los espectáculos, creo. Ya no quedaban en la calle sino los tenderos y los gatos. El cielo, aunque despejado, estaba opaco por encima de los ficus que flanquean la calle. En la acera de enfrente, el estanquero sacó una silla, la colocó delante de la puerta y se sentó a horcajadas apoyando ambos brazos en el respaldo. Los tranvías, que iban repletos hacía un rato, circulaban ahora casi vacíos. En el cafetín Chez Pierrot, al lado del estanco, el camarero barría el serrín en el local desierto. Era de verdad domingo.

Le di la vuelta a la silla y la coloqué como la del estanquero, porque me pareció que era más cómodo. Me fumé dos cigarrillos, entré para coger un trozo de chocolate y me volví a la ventana a comérmelo. Poco después el cielo se nubló y creí que iba a haber una tormenta de verano. Pero volvió a despejarse poco a poco. Aunque el paso de las nubes había dejado en la calle algo así como una promesa de lluvia que la había vuelto más oscura. Me quedé mucho rato mirando el cielo.

A las cinco llegaron con gran escándalo unos tranvías. Traían del estadio de la periferia racimos de espectadores subidos en los estribos y las barandillas. En los tranvías siguientes llegaron los jugadores, a quienes reconocí por las maletitas. Berreaban y cantaban a pleno pulmón que su club no perecería. Algunos me hicieron señas. Uno, incluso, me gritó: «¡Les hemos podido!». Y yo dije: «Sí», asintiendo con la cabeza. A partir de entonces, empezaron a pasar autos.

Luego el día avanzó un poco más. Por encima de los tejados, el cielo se puso rojo y, al caer la tarde, las calles se animaron. Los paseantes regresaban poco a poco. Entre ellos reconocí al señor distinguido. Los niños lloraban o había que ir tirando de ellos. Casi en el acto, los cines del barrio volcaron a la calle una oleada de espectadores. De entre ellos, los jóvenes tenían ademanes más resueltos que de costumbre y pensé que habían visto una película de aventuras. Los que volvían de los cines del centro llegaron algo después. Parecían más serios. No es que no se rieran, pero a ratos parecían cansados y pensativos. Se quedaron en la calle, yendo y viniendo por la acera de enfrente. Las chicas del barrio, sin sombrero, iban del brazo. Los jóvenes se las habían apañado para cruzarse con ellas y les decían cosas graciosas que ellas les reían desviando la cara. Varias, a las que conocía, me hicieron señas.

Entonces se encendieron de pronto las luces de la calle e hicieron palidecer las primeras estrellas que se alzaban en la oscuridad de la noche. Noté que se me cansaba la vista al mirar así las aceras con sus cargas de hombres y de luces. Con las bombillas relucía el pavimento húmedo, y los tranvías, a intervalos regulares, ponían reflejos en un pelo brillante, en una sonrisa o en una pulsera de plata. Poco después, cuando ya escaseaban los tranvías y era noche cerrada por encima de los árboles y de los faroles, el barrio se fue quedando vacío insensiblemente hasta que el primer gato cruzó despacio la calle otra vez desierta. Me acordé entonces de que tenía que cenar. Me dolía un poco el cuello porque había estado mucho rato apoyado en el respaldo de la silla. Bajé a comprar pan y pasta, la preparé y me la comí de pie. Quise fumarme un cigarrillo en la ventana, pero había refrescado y me entró algo de frío. Cerré las ventanas y, al volver, vi en el espejo un extremo de la mesa donde la lámpara de alcohol estaba al lado de unos trozos de pan. Pensé que un domingo menos, que mamá estaba ya enterrada, que iba a volver al trabajo y que, a fin de cuentas, no había cambiado nada.

III

Hoy he trabajado mucho en la oficina. El jefe ha estado amable, me ha preguntado si no estaba demasiado cansado y también ha querido saber qué edad tenía mamá. Le he dicho que «andaba por los sesenta», para no equivocarme y, no sé por qué, ha puesto cara de sentir alivio y de considerar que el asunto estaba zanjado.

Había un montón de conocimientos de embarque apilados encima de mi mesa y he tenido que mirarlos todos. Antes de salir de la oficina para ir a comer me he lavado las manos. A mediodía, que es un rato que me gusta. A última hora de la tarde me parece menos agradable porque el rollo de toalla continua está completamente húmedo de haberlo estado usando todo el día. Se lo comenté un día al jefe. Me contestó que era una pena, pero que no dejaba de ser un detalle sin importancia. Salí un poco tarde, a las doce y media, con Emmanuel, que trabaja en expedición. La oficina da al mar y nos entretuvimos un momento mirando los cargueros en el puerto abrasado de sol. En ese momento llegó un camión con un estruendo de cadenas y explosiones. Emmanuel me preguntó si «íbamos allá» y eché a correr. El camión nos rebasó y echamos a correr detrás. Me asfixiaban el ruido y el polvo. No veía ya nada y solo notaba ese impulso desenfrenado de la carrera entre cabrestantes y máquinas, del baile de los mástiles contra el horizonte y de los cascos a cuyo lado pasábamos. Fui el primero en agarrarme y salté al vuelo. Luego ayudé a Emmanuel a sentarse. Estábamos sin aliento y el camión brincaba por los adoquines desiguales del muelle, entre el polvo y el sol. Emmanuel reía hasta quedarse sin resuello.

Llegamos sudando donde Céleste. Allí estaba, con su tripa, su delantal y sus bigotes blancos. Me preguntó: «¿Qué tal lo llevas?». Le dije que bien, y que tenía hambre. Comí muy deprisa y tomé café. Luego me fui a casa, dormí un rato porque había tomado demasiado vino y, al despertarme, me entraron ganas de fumar. Se me pasó la hora y corrí para pillar un tranvía. Trabajé toda la tarde. Hacía mucho calor en la oficina y, cuando salí al final de la jornada, me alegré de poder volver andando despacio por los muelles. El cielo estaba verde y me sentía contento. Pero me fui directamente a casa porque quería hacerme unas patatas hervidas.

Al subir las escaleras oscuras, me topé con Salamano, un viejo que es mi vecino de descansillo. Iba con su perro. Hace ocho años que andan juntos. El espaniel tiene una enfermedad de la piel, la sarna, creo, con la que se le cae casi todo el pelo y se llena de placas y de costras pardas. A fuerza de vivir solos los dos, en un cuartito, el viejo ha acabado pareciéndosele. Tiene costras rojizas por la cara y el pelo amarillo y ralo. El perro le ha copiado a su amo una apariencia como encorvada, con el hocico hacia delante y el cuello estirado. Parecen de la misma raza y, sin embargo, se aborrecen. Dos veces al día, a las once y a las seis, el viejo saca al perro a pasear. Llevan ocho años sin cambiar de itinerario. Se los puede ver calle de Lyon adelante, el perro tirando del hombre hasta que Salamano tropieza. Entonces el viejo pega al perro y lo insulta. El perro atemorizado repta y deja que lo lleve a rastras. Ahora es el hombre el que tira. Cuando al perro ya se le ha olvidado, vuelve a arrastrar él a su dueño que, de nuevo, le pega y lo insulta. Entonces se quedan los dos en la acera y se miran, el perro con terror, el hombre con odio. Y así todos los días. Cuando el perro quiere orinar, el viejo no le deja tiempo, tira de él y el cocker va soltando tras de sí un rastro de gotitas. Si, por casualidad, el perro se lo hace en la habitación, entonces le pega otra vez. Llevan así ocho años. Céleste dice siempre que «Hay que ver, qué lástima», pero en el fondo vaya usted a saber. Cuando me lo encontré por las escaleras, Salamano estaba insultando al perro. Le decía: «¡Cabrón! ¡Roñoso!», y el perro se quejaba. Dije: «Buenas tardes», pero el viejo seguía con los insultos. Entonces le pregunté qué le había hecho el perro. No me contestó. Solo decía: «¡Cabrón! ¡Roñoso!». Lo intuía agachado hacia el perro, arreglándole algo del collar. Subí el tono de voz. Entonces, sin darse la vuelta, me contestó con una especie de rabia contenida: «Siempre está en medio». Luego se fue, tirando del animal, que dejaba que lo arrastrase, sin mover las patas y quejándose.

Precisamente en ese momento entró mi otro vecino de descansillo. Por el barrio dicen que vive de las mujeres. Pero, cuando le preguntan qué oficio tiene, dice que «mozo de almacén». Por lo general, no le cae bien a nadie. Pero me dirige la palabra con frecuencia y a veces pasa un rato a mi casa porque le escucho. Me parece que lo que cuenta es interesante. Por lo demás, no tengo razón alguna para no dirigirle la palabra. Se llama Raymond Sintès. Es bastante bajo, ancho de espaldas y con nariz de boxeador. Va siempre vestido muy formal. También él me dijo, refiriéndose a Salamano: «¡Hay que ver, qué lástima!». Me preguntó si no me daba asco, y le dije que no.

Subimos y ya iba a despedirme cuando me dijo: «Tengo morcilla y vino. Si quiere tomar un bocado conmigo...». Pensé que así me ahorraba guisar y acepté. Él también tiene solo una habitación, con una cocina sin ventana. Encima de la cama, tiene un ángel de estuco blanco y rosa, fotos de campeones y de dos o tres mujeres desnudas. La habitación estaba sucia y la cama deshecha. Primero encendió la lámpara de petróleo y luego se sacó una venda no muy limpia del bolsillo y se envolvió en ella la mano derecha. Le pregunté qué le pasaba. Me dijo que se había peleado con un individuo que le andaba buscando las vueltas.

«Mire, señor Meursault –me dijo–, no es que yo sea mala persona, pero tengo mi genio. El fulano ese me dijo: "Baja del tranvía si eres hombre". Le dije: "Venga, déjalo ya". Me dijo que no era hombre. Entonces me bajé y le dije: "Basta ya, que si no te voy a dar para el pelo". Me contestó: "¿Y qué más?". Entonces le solté un guantazo y se cayó. Yo iba a levantarlo. Pero me dio patadas desde el suelo. Entonces le di un rodillazo y dos tortas. Le sangraba la cara. Le pregunté si ya valía. Me dijo que sí.»

Todo ese rato, Sintès se estaba arreglando el vendaje. Yo estaba sentado en la cama. Me dijo: «Ya ve que yo no buscaba bronca. Fue él quien se metió conmigo». Era verdad y así lo reconocí. Entonces me dijo que precisamente quería pedirme consejo acerca de ese asunto, que yo era un hombre y sabía de las cosas de la vida, que podría ayudarlo y que luego sería mi amigo. No dije nada y me volvió a preguntar si quería ser amigo suyo. Dije que me daba igual; pareció alegrarse. Sacó morcilla, la frio en la sartén y dispuso vasos, platos, cubiertos y dos botellas de vino. Todo eso en silencio. Luego nos sentamos. Según comíamos, empezó a contarme su historia. Al principio, titubeaba un poco. «Conocí a una señora... podemos decir que era mi querida.» El hombre con quien se había pegado era el hermano de esa mujer. Me dijo que la había mantenido. No contesté nada, pero sin embargo añadió enseguida que sabía lo que se decía por el barrio, pero que él tenía la conciencia tranquila y que era mozo de almacén.

«Volviendo a lo mío –me dijo–, me di cuenta de que me estaba timando.» Él le daba lo justo para vivir. Pagaba personalmente el alquiler de la habitación y le daba veinte francos diarios para la comida. «Trescientos francos de habitación, seiscientos francos de comida, un par de medias de vez en cuando, se pone en mil francos. Y la señora no trabajaba. Pero me decía que era muy justo, que no le llegaba con lo que le daba. Y eso que yo le decía: "¿Por qué no trabajas media jornada? Para mí sería un alivio en todas esas menudencias. Te he comprado un conjunto este mes, te pago veinte francos diarios, te pago el alquiler y tú por las tardes tomas el café con tus amigas. Les das el café y el azúcar. Yo te doy el dinero. Yo me he portado bien contigo y así me lo devuelves". Pero ella no trabajaba, decía siempre que no le salía nada y así es como me di cuenta de que me estaba timando.»

Entonces me contó que le había encontrado un boleto de lotería en el bolso y que ella no había podido explicarle cómo lo había comprado. Algo más adelante, encontró entre sus cosas una papeleta del monte de piedad que demostraba que había empeñado dos pulseras. Hasta ese momento, él no sabía nada de esas pulseras: «Y vi que, efectivamente, me estaba timando. Entonces, la dejé. Pero antes la zurré. Y luego le dije cuatro verdades. Le dije que todo lo que quería era pasárselo bien con su cosa. Como yo le dije, usted me entiende, señor Meursault: "No te das cuenta de que la gente te tiene envidia por la felicidad que te doy. Ya te enterarás más adelante de lo feliz que eras"».

Le había dado una paliza de muerte. Antes no le pegaba. «Algún golpe le daba, pero con cariño, como quien dice. Chillaba un poco. Yo cerraba las contraventanas y la cosa terminaba como siempre. Pero ahora es algo serio. Y me parece a mí que me quedé corto castigándola.»

Me explicó entonces que por eso necesitaba un consejo. Se calló para regular la mecha de la lámpara, que no ardía bien. Pero yo seguía atendiendo. Me había bebido casi un litro de vino y notaba mucho calor en las sienes. Fumaba los cigarrillos de Raymond porque a mí ya no me quedaban. Pasaban los últimos tranvías y se llevaban los ruidos, ahora lejanos, del arrabal. Raymond prosiguió. Lo fastidioso era que «le seguía apeteciendo acostarse con ella». Pero quería castigarla. Primero había pensado en llevarla a un hotel y llamar a los de «antivicio» para montar un escándalo y que la ficharan. Luego, había hablado con unos amigos que tenía que eran chulos. No se les había ocurrido nada. Y, como me comentaba Raymond, para eso no merecía la pena ser chulo. Se lo dijo y ellos le propusieron «marcarla». Pero no era eso lo que él quería. Se lo iba a pensar. Antes quería preguntarme algo. Por lo demás, antes de preguntármelo quería saber qué opinaba del asunto. Le contesté que no opinaba nada, pero que era interesante. Me preguntó si no opinaba que lo estaba timando y a mí sí que me parecía que lo estaba timando; si pensaba que había que castigarla y qué haría yo en su lugar; le dije que nunca se sabe pero que entendía que quisiera castigarla. Tomé algo más de vino. Encendió un cigarrillo y me contó lo que se le había ocurrido. Quería escribirle una carta «con puntapiés y al mismo tiempo con cosas para que lo echase de menos». Luego, cuando ella volviera, se acostarían y «en el preciso momento de terminar» le escupiría a la cara y la pondría de patitas en la calle. Me pareció que, efectivamente, así la castigaría. Pero Raymond me dijo que no se veía capaz de escribir la carta oportuna y que había pensado en mí para redactarla. Como yo no decía nada, me preguntó si me importaría escribirla ahora mismo y le contesté que no.

Entonces se puso de pie, después de beberse un vaso de vino. Apartó los platos y la poca morcilla fría que habíamos dejado. Limpió con cuidado el hule de la mesa. Sacó de un cajón de la mesilla de noche una hoja de papel cuadriculado, un sobre amarillo, un palillero pequeño de madera roja y un tintero cuadrado con tinta violeta. Cuando me dijo el nombre de la mujer, vi que era mora. Escribí la carta. La redacté un poco al tuntún, pero me esmeré para darle ese gusto a Raymond, porque no había razón para no dárselo. Luego leí la carta en voz alta. Me escuchó fumando y asintiendo con la cabeza, luego me pidió que la leyera otra vez. Se quedó encantado. Me dijo: «Ya sabía yo que tú conocías la vida». Era la primera vez que me llamaba de tú. Hasta que afirmó «Ahora eres un amigo de verdad» no me llamó la atención. Repitió la frase y yo dije: «Sí». A mí me daba igual ser amigo suyo y a él parecía que realmente le apetecía. Cerró el sobre y nos acabamos el vino. Luego nos quedamos un rato fumando sin decir nada. Fuera, todo estaba tranquilo. Oímos el roce de un auto que pasaba. Dije: «Es tarde». A Raymond también se lo parecía. Comentó que el tiempo pasaba volando y, en cierto sentido, era verdad. Tenía sueño, pero me costaba ponerme de pie. Debía de tener pinta de cansado porque Raymond me dijo que no había que desanimarse. De entrada, no lo entendí. Me explicó entonces que se había enterado de que mamá había muerto, pero que era algo que tenía que ocurrir antes o después. Yo opinaba lo mismo.

Me puse de pie. Raymond me estrechó la mano muy fuerte y me dijo que entre hombres siempre se entendía uno. Al salir de su casa, cerré la puerta y me quedé un momento a oscuras en el descansillo. El edificio estaba tranquilo y de lo hondo del hueco de las escaleras subía una ráfaga oscura y húmeda. Solo oía los latidos de la sangre que me zumbaba en los oídos. Me quedé inmóvil. Pero en la habitación de Salamano el perro se quejó sordamente.

IV

He trabajado duro toda la semana. Raymond vino a casa y me dijo que había mandado la carta. Fui al cine dos veces con Emmanuel, que no siempre entiende lo que ocurre en la pantalla. Y entonces hay que explicárselo. Ayer era sábado y vino Marie, como habíamos quedado. Me puso muy caliente porque llevaba un vestido de rayas rojas y blancas muy bonito y sandalias de cuero. Se le adivinaban los pechos y la cara tostada por el sol parecía una flor. Cogimos un autobús y nos fuimos a unos kilómetros de Argel, a una playa metida entre rocas y bordeada de juncos tierra adentro. El sol de las cuatro no calentaba demasiado, pero el agua estaba templada, con olitas largas y perezosas. Marie me enseñó un juego. Había que beber, nadando, en la cresta de las olas, quedarse con toda la espuma en la boca y ponerse luego de espaldas para lanzarla al cielo. Entonces se formaba un encaje espumoso que desaparecía en el aire o me caía encima de la cara como una lluvia templada. Pero al cabo de un rato me quemaba en la boca el amargor de la sal. Entonces se me acercó Marie, que se pegó a mí dentro del agua. Arrimó la boca a la mía. Su lengua me refrescaba los labios y estuvimos un rato revolcándonos entre las olas.

Cuando nos volvimos a vestir en la playa, Marie me miraba con ojos relucientes. La besé. A partir de ese momento, no volvimos a hablar. La tuve abrazada y nos dimos prisa en buscar un autobús, volver, ir a mi casa y tirarnos encima de la cama. Había dejado la ventana abierta y daba gusto notar la noche de verano corriéndonos por los cuerpos tostados.

Esta mañana, Marie se quedó y le dije que íbamos a almorzar juntos. Bajé a comprar carne. Al subir, oí una voz de mujer en la habitación de Raymond. Poco después, Salamano riñó al perro, oímos un ruido de suelas y de garras en los peldaños de madera de las escaleras y casi enseguida: «Cabrón, roñoso», y salieron a la calle. Le conté a Marie la historia del viejo y se rio. Llevaba puesto un pijama mío, arremangado. Cuando se rio, volví a desearla. Un momento después me preguntó si la quería. Le dije que eso no significaba nada, pero que me parecía que no. Se le puso cara triste. Pero mientras hacíamos la comida, y por nada en particular, volvió a reírse de una forma tal que la besé. Fue en ese momento cuando estallaron los ruidos de una pelea en casa de Raymond.

Lo primero que oímos fue una voz chillona de mujer y, luego, a Raymond que decía: «Me has faltado, me has faltado. Te voy a enseñar yo a faltarme». Unos cuantos ruidos sordos y la mujer dio un alarido, pero tan terrible que, en el acto, el descansillo se llenó de gente. Marie y yo salimos también. La mujer seguía gritando y Raymond seguía pegándole. Marie me dijo que era terrible, y no contesté nada. Me pidió que fuera a buscar a un policía, pero le dije que no me gustaban los policías. Sin embargo, llegó uno con el inquilino del segundo, que es fontanero. Llamó a la puerta y ya no se oyó nada. Llamó más fuerte y, al cabo de un momento, la mujer lloró y Raymond abrió. Tenía un cigarrillo en la boca y una expresión empalagosa. La mujer se abalanzó hacia la puerta y dijo que Raymond le había pegado. «Nombre», dijo el policía. Raymond contestó. «Quítate el cigarrillo de la boca cuando hables conmigo», dijo el policía. Raymond titubeó, me miró y le dio una calada al cigarrillo. En ese momento el policía le soltó un tortazo, una bofetada compacta y recia en toda la mejilla. El cigarrillo fue a parar unos metros más allá. A Raymond se le cambió la cara, pero de momento no dijo nada y, luego, preguntó con voz humilde si podía recoger la colilla. El policía le comunicó que podía y añadió: «La próxima vez sabrás que un policía no es un fantoche». Mientras tanto, la mujer lloraba y repitió: «Me ha zurrado. Es un chulo». «Señor agente –preguntó entonces Raymond–, ¿es legal eso de llamar chulo a un hombre?» Pero el policía le ordenó que «cerrase la bocaza». Raymond se volvió entonces hacia la mujer y le dijo: «Tú espera, guapa, que ya nos volveremos a encontrar». El policía le dijo que se callase la boca, que la mujer tenía que irse y él quedarse en su habitación esperando a que lo citasen en comisaría. Añadió que a Raymond debería darle vergüenza estar tan borracho como para temblar de ese modo. En ese momento, Raymond le explicó: «No estoy borracho, señor agente. Pero es que estoy aquí, ante usted, y tiemblo, a ver qué vida». Cerró la puerta y todo el mundo se fue. Marie y yo acabamos de hacer la comida. Pero ella no tenía hambre y me lo comí yo casi todo. Se fue a la una y dormí un poco.

A eso de las tres llamaron a la puerta y entró Raymond. Yo seguí acostado. Se sentó en el filo de mi cama. Estuvo un rato sin decir nada y le pregunté qué tal le había ido. Me contó que había hecho lo que quería hacer, pero que ella le había dado una torta y que entonces él le había pegado. Lo demás ya lo había visto yo. Le dije que me parecía que ahora ya la había castigado y que debería alegrarse. Eso era también lo que opinaba él y comentó que, por mucho que hiciera el policía, los golpes que había recibido ella ya no tenían remedio. Añadió que conocía bien a los policías y que sabía cómo había que tratar con ellos. Me preguntó entonces si me había esperado que le devolviera la bofetada al policía. Le contesté que no me había esperado nada de nada y que, por lo demás, no me gustaban los policías. Me pareció que Raymond se alegraba mucho. Me preguntó si quería salir con él. Me levanté y empecé a peinarme. Me dijo que tenía que hacerle de testigo. A mí eso me daba igual, pero no sabía qué tenía que decir. Según Raymond, bastaba con decir que la mujer le había faltado. Acepté hacerle de testigo.

Salimos y Raymond me invitó a un aguardiente. Luego quiso jugar una partida de billar y perdí por poco. Después quería ir a un burdel, pero le dije que no porque no me gusta. Entonces nos volvimos a casa despacito y me iba diciendo lo mucho que se alegraba por haber conseguido castigar a su querida. Yo lo notaba muy atento conmigo y pensé que estábamos pasando un buen rato.

Desde lejos, divisé en el umbral de la puerta a Salamano, que parecía nervioso. Cuando nos acercamos, vi que no tenía al perro. Miraba para todos los lados, giraba sobre sí mismo, intentaba ver en la oscuridad del pasillo, mascullaba palabras sin ilación y volvía a escudriñar la calle con sus ojillos encarnados. Cuando Raymond le preguntó qué le pasaba, tardó en contestar. Lo oí susurrar confusamente «Cabrón, roñoso» sin dejar de rebullir. Le pregunté dónde estaba el perro. Me contestó con brusquedad que se había ido. Y luego, de repente, se puso locuaz: «Lo llevé a la explanada del Champ de Manœuvres, como siempre. Las barracas de feria estaban rodeadas de gente. Me paré para mirar al "Rey de la Evasión". Y cuando quise seguir andando, ya no estaba. Claro que hace mucho que tendría que haberle comprado un collar menos grande. Pero nunca pensé que ese roñoso pudiera marcharse así».

Raymond le explicó entonces que el perro quizá se había extraviado y que volvería a casa. Le puso ejemplos de perros que habían recorrido decenas de kilómetros para regresar con su amo. A pesar de ello, el viejo parecía cada vez más nervioso. «Pero me lo van a quitar, ¿sabe? Si por lo menos lo recogiera alguien. Pero no puede ser, a todo el mundo le da asco con esas costras. La policía seguro que me lo quita.» Le dije entonces que tenía que ir a la perrera y que se lo devolverían si pagaba ciertas tasas. Me preguntó si esas tasas eran altas. Yo no lo sabía. Entonces se enfadó: «Dar dinero por ese roñoso. ¡Bah, por mí como si revienta!». Y empezó a insultarlo. Raymond se rio y se metió en el edificio. Lo seguí y nos separamos en el descansillo de nuestra planta. Un momento después oí los pasos del viejo y llamó a mi puerta. Cuando le abrí, se quedó un momento en el umbral y me dijo: «Disculpe, disculpe». Le ofrecí que pasara pero no quiso. Se miraba la punta de los zapatos y le temblaban las manos costrosas. Sin mirarme a la cara, me preguntó: «No me lo van a quitar, ¿verdad, señor Meursault? Me lo van a devolver. Porque si no, ¿qué va a ser de mí?». Le dije que la perrera tenía a los perros tres días a disposición de sus dueños y que luego hacía con ellos lo que se le antojaba. Me miró en silencio. Luego me dijo: «Buenas noches». Cerró su puerta y lo oí ir y venir. Su cama crujió. Y por el curioso ruidito que atravesó el tabique, deduje que estaba llorando. No sé por qué me acordé de mamá. Pero tenía que madrugar al día siguiente. No tenía hambre y me acosté sin cenar.

V

Raymond me llamó por teléfono a la oficina. Me dijo que un amigo suyo (al que le había hablado de mí) me invitaba a pasar el domingo en su chalecito, cerca de Argel. Le contesté que me parecía bien, pero que le había prometido a una amiga pasar el día con ella. Raymond me dijo inmediatamente que la invitaba también. La mujer de su amigo se alegraría de no estar sola con un grupo de hombres.

Yo quería colgar enseguida porque sé que al jefe no le gusta que recibamos llamadas de fuera. Pero Raymond me pidió que esperase y me dijo que habría podido invitarme por la noche, pero que quería avisarme de otra cosa. Lo había estado siguiendo todo el día un grupo de árabes entre los que estaba el hermano de su antigua querida. «Si lo ves cerca de casa cuando vuelvas esta noche, avísame.» Dije que de acuerdo.

Poco después me llamó el jefe y en el momento me preocupé porque pensé que iba a decirme que menos hablar por teléfono y más trabajar. No era eso ni por asomo. Me contó que iba a contarme un proyecto que aún estaba en el aire. Solo quería saber qué me parecía. Tenía intención de abrir una oficina en París que llevase los asuntos en esa plaza y tratase directamente con las grandes compañías, y quería saber si yo estaría dispuesto a ir. Eso me permitiría vivir en París y también estar viajando parte del año. «Es usted joven y me parece que esa vida podría gustarle.» Le dije que sí, pero que en el fondo me daba igual. Me preguntó si no me interesaba cambiar de vida. Contesté que nunca se cambia de vida, que en cualquier caso todas eran más o menos lo mismo y que la mía aquí no me desagradaba en absoluto. Pareció disgustado, me dijo que mis respuestas siempre se iban por las ramas, que no tenía ambición y que eso era algo desastroso para los negocios. Así que me volví al trabajo. Habría preferido no disgustarlo, pero no veía motivo para cambiar de vida. Pensándolo bien, no era infeliz. Cuando estaba estudiando tenía muchas ambiciones de esas. Pero cuando tuve que dejar los estudios, me di cuenta enseguida de que todas esas cosas, en realidad, carecían de importancia.

Al final de la jornada, Marie vino a buscarme y me preguntó si quería casarme con ella. Le contesté que me daba igual y que podíamos casarnos si le apetecía. Quiso saber entonces si la quería. Le contesté, como ya había hecho una vez, que eso no significaba nada, pero que seguramente no la quería. «Entonces, ¿por qué ibas a casarte conmigo?», dijo. Le expliqué que era algo que no tenía ninguna importancia y que, si ella lo deseaba, podíamos casarnos. Por lo demás, era ella quien me lo había pedido y yo me limitaba a decir que sí. Comentó entonces que el matrimonio era algo serio. Contesté: «No». Se quedó un rato callada y me miró en silencio. Luego habló. Quería saber sencillamente si yo habría aceptado de haberme propuesto lo mismo otra mujer con quien tuviera la misma relación. Dije: «Naturalmente». Se preguntó entonces si me quería, y yo, sobre eso, no podía saber nada. Tras otro momento de silencio, me susurró que era muy raro, que seguramente me quería por eso, pero que a lo mejor algún día me despreciaría por las mismas razones. Como yo me callaba porque no tenía nada que añadir, me cogió del brazo sonriendo y sentenció que quería casarse conmigo. Le contesté que lo haríamos en cuanto ella quisiera. Le hablé entonces de la propuesta del jefe y Marie me dijo que le gustaría conocer París. Le conté que había vivido allí una temporada y me preguntó cómo era. Le dije: «Sucio. Hay palomas y patios oscuros. La gente tiene la piel blanca».

Luego estuvimos andando y cruzamos la ciudad por las calles principales. Las mujeres eran guapas y le pregunté a Marie si se había fijado. Me dijo que sí y que me entendía. Estuvimos un rato sin hablar. Pero yo quería que se quedase conmigo y le dije que podíamos cenar juntos donde Céleste. Le apetecía mucho, pero tenía cosas que hacer. Estábamos cerca de mi casa y me despedí. Se me quedó mirando: «¿No quieres saber lo que tengo que hacer?». Yo sí quería saberlo, pero no se me había ocurrido, y eso es lo que parecía echarme en cara. Entonces, al ver que me estaba liando, se volvió a reír y volcó todo el cuerpo hacia mí para tenderme los labios.

Cené donde Céleste. Ya había empezado a comer cuando entró una mujercita muy rara que me preguntó si podía sentarse a mi mesa. Por supuesto que podía. Se movía a trompicones y tenía unos ojos brillantes en una cara menuda, de manzana. Se quitó la chaqueta, se sentó y miró febrilmente la carta. Llamó a Céleste y le pidió en el acto todo lo que iba a tomar con voz a la vez precisa y precipitada. Mientras esperaba los entremeses, abrió el bolso, sacó un cuadradito de papel y un lápiz, echó de antemano la cuenta y, luego, sacó de una bolsita la cantidad exacta, más una propina, y se la colocó delante. En ese momento le trajeron los entremeses, que se zampó a toda prisa. Mientras esperaba el siguiente plato, volvió a sacar del bolso un lápiz azul y una revista donde venía la programación semanal de la radio. Con mucho cuidado, marcó, una por una, casi todas las emisiones. Como la revista tenía unas doce páginas, siguió meticulosamente con esa tarea durante casi toda la comida. Yo había terminado ya y ella seguía poniendo marcas con la misma aplicación. Luego, se levantó, volvió a ponerse la chaqueta con los mismos gestos precisos de autómata y se fue. Yo, como no tenía nada que hacer, salí también y la seguí un ratito. Estaba en el filo de la acera y, con una velocidad y una seguridad increíbles, seguía adelante sin desviarse y sin volverse. Al final la perdí de vista y deshice lo andado. Pensé que era muy rara, pero no tardé en olvidarme de ella.

En el umbral de mi casa me encontré con Salamano. Lo hice pasar y me contó que su perro se había perdido porque no estaba en la perrera. Los empleados le habían dicho que igual lo habían atropellado. Les preguntó si no era posible enterarse en las comisarías. Le contestaron que no se guardaba información de esas cosas porque sucedían a diario. Le dije a Salamano que podría tener otro perro, pero tenía razón cuando me comentó que estaba acostumbrado a ese.

Yo estaba sentado con las piernas cruzadas en mi cama y Salamano en una silla delante de la mesa. Estaba de cara a mí y tenía las dos manos en las rodillas. No se había quitado el sombrero viejo de fieltro. Mascullaba frases a medias bajo el bigote amarillento. Me resultaba un poco aburrido, pero no tenía nada que hacer ni tampoco sueño. Por hablar de algo, le pregunté por cosas de su perro. Me dijo que se hizo con él después de morirse su mujer. Se había casado bastante mayor. Cuando era joven, le había apetecido hacer teatro: de soldado, actuaba en los vodeviles militares. Pero al final entró a trabajar en los ferrocarriles y no lo lamentaba porque ahora tenía su pensioncita. No había sido feliz con su mujer, pero, en conjunto, se había acostumbrado a ella. Cuando se murió, se sintió muy solo. Entonces le pidió un perro a un compañero del taller y le dieron ese, que era muy pequeño. Tuvo que alimentarlo con biberón. Pero como un perro vive menos que un hombre habían acabado por ser viejos al mismo tiempo. «Tenía mal genio –me dijo Salamano–. A veces nos enzarzábamos. Pero era un buen perro pese a todo.» Dije que era de una raza bonita y Salamano pareció alegrarse. «Y eso –añadió– que no llegó usted a conocerlo antes de que enfermara. Lo más bonito que tenía era el pelo.» Todas las noches y todas las mañanas, desde que padecía esa enfermedad de la piel, Salamano le daba pomada. Pero, según él, su verdadera enfermedad era la vejez, y la vejez no tiene cura.

En ese momento bostecé y el viejo me comunicó que se marchaba. Le dije que podía quedarse y que sentía mucho lo que le había pasado a su perro: me dio las gracias. Me dijo que mamá quería mucho a su perro. Al hablarme de ella la llamaba «su pobre madre». Supuso que debía de sentirme muy desgraciado desde que mamá había muerto y no contesté nada. Me dijo entonces, deprisa y con cara de apuro, que sabía que en el barrio me había ganado mala fama por haber mandado a mi madre al asilo, pero que él me conocía y que sabía que quería mucho a mamá. Contesté, sigo sin saber por qué, que hasta ahora no me había enterado de que tuviera mala fama por eso, pero que el asilo me había parecido lo más natural puesto que no me llegaba el dinero para pagar a alguien que cuidara a mamá. «Por lo demás –añadí–, hacía mucho que no tenía nada que decirme y se aburría sola.» «Sí –me dijo él– y en el asilo por lo menos hace uno amistades.» Luego, se disculpó. Quería dormir. Ahora le había cambiado la vida y no sabía muy bien qué iba a hacer. Por primera vez desde que lo conocía, me tendió la mano con ademán furtivo y noté las escamas de la piel. Sonrió un poco y, antes de irse, me dijo: «Espero que los perros no ladren esta noche. Siempre me creo que es el mío».

VI

El domingo me costó despertarme y Marie me tuvo que llamar y zarandear. No tomamos nada porque queríamos bañarnos temprano. Me notaba completamente hueco y me dolía un poco la cabeza. El cigarrillo me supo amargo. Marie se rio de mí porque decía que tenía «cara de funeral». Se había puesto un vestido de hilo blanco y se había dejado el pelo suelto. Le dije que estaba guapa y se rio de gusto.

Según bajábamos, llamamos a la puerta de Raymond. Nos contestó que enseguida bajaba. En la calle, por lo cansado que estaba y también porque no habíamos abierto las persianas, la luz del día, cargada ya de sol, me golpeó como una bofetada. Marie brincaba de alegría y no paraba de decir qué buen tiempo hacía. Me sentí mejor y me di cuenta de que tenía hambre. Se lo dije a Marie, que me enseñó el bolso de hule donde había metido nuestros trajes de baño y una toalla. Solo nos quedaba esperar y oímos a Raymond cerrar la puerta. Llevaba unos pantalones azules y una camisa blanca de manga corta. Pero se había puesto un canotier, con lo que a Marie le entró la risa, y tenía los antebrazos muy blancos bajo el vello negro.

Me daba un poco de asco. Silbaba al bajar y parecía muy contento. Me dijo: «Hola, chico», y llamó a Marie «señorita».

La víspera habíamos estado en la comisaría y yo declaré que la mujer había «faltado» a Raymond. Había salido del paso con una amonestación. No comprobaron mi testimonio. Delante de la puerta hablamos con Raymond y luego decidimos coger el autobús. La playa no caía lejos, pero así llegaríamos antes. Raymond creía que a su amigo le gustaría vernos llegar pronto. Ya nos íbamos cuando Raymond, de pronto, me hizo una seña para que mirase enfrente. Vi a un grupo de árabes con la espalda apoyada en la fachada del estanco. Nos miraban en silencio, pero a su manera, ni mejor ni peor que si fuéramos piedras o árboles secos. Raymond me dijo que el segundo por la izquierda era su hombre y pareció preocupado. Y eso, añadió, que ya se había zanjado el tema. Marie no se enteraba muy bien y nos preguntó qué pasaba. Le dije que eran unos árabes que estaban resentidos con Raymond. Quiso que nos fuéramos enseguida. Raymond se enderezó, se rio y dijo que había que darse prisa.

Fuimos hacia la parada del autobús, que estaba un poco más allá, y Raymond me informó de que los árabes no nos seguían. Miré hacia atrás. Continuaban en el mismo sitio y miraban con la misma indiferencia el lugar del que nos acabábamos de ir. Cogimos el autobús. Raymond, que parecía aliviadísimo, no paraba de decirle cosas chistosas a Marie. Noté que le gustaba, pero ella casi no le contestaba. De vez en cuando lo miraba riéndose.

Bajamos hasta los arrabales de Argel. La playa no está lejos de la parada del autobús. Pero hubo que cruzar una breve meseta que domina el mar y va luego cuesta abajo hacia la playa. Estaba cubierta de piedras amarillentas y de asfódelos muy blancos contra el azul del cielo, ya endurecido. Marie se entretenía en hacer volar los pétalos golpeándolos fuerte con el bolso de hule. Fuimos andando entre las hileras de casitas con vallas verdes o blancas, algunas con porche y ocultas bajo los tamariscos, y otras desnudas entre las piedras. Antes de llegar al borde de la meseta ya se podía ver el mar, quieto, y, más allá, un cabo soñoliento y macizo en el agua clara. El sonido apagado de un motor se alzó en el aire tranquilo y llegó hasta nosotros. Y vimos, muy lejos, un pesquero pequeño que avanzaba, imperceptiblemente, por el mar deslumbrante. Marie cogió unos cuantos lirios silvestres. Desde la cuesta que bajaba hacia el mar vimos que había ya algunos bañistas.

El amigo de Raymond vivía en un chalecito de madera en una punta de la playa. La casa estaba adosada a las rocas y el agua llegaba hasta los pilotes que la sostenían. Raymond nos presentó. Su amigo se llamaba Masson. Era un individuo alto, ancho de cintura y de espalda, con una mujercita regordeta y amable de acento parisino. Nos dijo enseguida que nos pusiéramos cómodos y que había ido a pescar por la mañana y había hecho una fritura. Le dije lo bonita que me parecía su casa. Y me contó que pasaba en ella los sábados, los domingos y todos sus días de permiso. «Mi mujer y yo nos llevamos bien», añadió. Precisamente, su mujer se estaba riendo con Marie. Por primera vez, quizá, pensé en serio en que me iba a casar.

Masson quería bañarse, pero su mujer y Raymond no quisieron acompañarnos. Bajamos los tres y Marie se metió inmediatamente en el agua. Masson y yo esperamos un poco. Hablaba despacio y me llamó la atención que tenía la costumbre de completar todo cuanto empezaba a decir con un «y diré más», incluso cuando, en el fondo, no le añadía nada al sentido de la frase. Acerca de Marie, me dijo: «Es estupenda y, diré más, encantadora». Luego dejé de fijarme en esa muletilla porque estaba ocupado observando que el sol me sentaba bien. La arena que pisábamos empezaba a calentarse. Seguí retrasando las ganas de bañarme, pero acabé por decirle a Masson: «¿Vamos?». Me zambullí. Él entró en el agua despacio y se lanzó cuando perdió pie. Nadaba a braza y bastante mal, así que lo dejé para ir a reunirme con Marie. El agua estaba fría y yo disfrutaba nadando. Marie y yo nos alejamos, y nos sentíamos a la par en los movimientos y en el disfrute.

Mar adentro, hicimos la plancha y el sol me apartaba de la cara vuelta hacia el cielo los últimos velos de agua, que se me metían en la boca. Vimos que Masson volvía a la playa para tumbarse al sol. De lejos, parecía enorme. Marie quiso que nadásemos juntos. Me coloqué detrás de ella para cogerla por la cintura y ella avanzaba con los brazos mientras yo la ayudaba moviendo los pies. El ruidito del agua al golpearla nos fue siguiendo durante la mañana hasta que me sentí cansado. Entonces me separé de Marie y me volví, nadando con regularidad y cuidando la respiración. En la playa, me tumbé boca abajo al lado de Masson y metí la cara en la arena. Le dije que «sentaba bien», y él era de la misma opinión. Poco después, llegó Marie. Me di la vuelta para verla acercarse. Estaba toda pegajosa de agua salada y se sujetaba el pelo hacia atrás. Se tumbó junto a mí, costado contra costado, y con los dos calores, el de su cuerpo y el del sol, me quedé traspuesto.

Marie me zarandeó y me dijo que Masson se había vuelto a su casa, había que almorzar. Me puse de pie enseguida porque tenía hambre, pero Marie me dijo que llevaba desde por la mañana sin besarla. Era cierto, y eso que me apetecía. «Ven al agua», me dijo. Corrimos para tirarnos en las primeras olitas. Dimos unas cuantas brazadas y se pegó a mí. Noté sus piernas alrededor de las mías y la deseé.

Cuando volvimos, Masson ya nos estaba llamando. Dije que tenía mucha hambre y sobre la marcha él le comentó a su mujer que yo le caía bien. El pan estaba bueno, me zampé mi ración de pescado. Luego, había carne y patatas fritas. Comíamos todos sin hablar. Masson bebía vino con frecuencia y me servía sin parar. Al llegar al café, tenía la cabeza un poco pesada y fumé mucho. Masson, Raymond y yo nos planteamos pasar juntos el mes de agosto en la playa compartiendo los gastos. Marie nos dijo de repente: «¿Sabéis qué hora es? Son las once y media». Nos quedamos muy asombrados, pero Masson dijo que habíamos comido muy temprano y que era natural porque la hora de almorzar es la hora en que se tiene hambre. No sé por qué a Marie aquello le hizo mucha gracia. Creo que se había pasado un poquito con la bebida. Masson me preguntó entonces si quería dar un paseo por la playa con él. «Mi mujer duerme siempre la siesta después del almuerzo. A mí no me gusta. Tengo que andar. Le digo siempre que es más sano. Pero, a fin de cuentas, está en su derecho.» Marie nos comunicó que se quedaba para ayudar a la señora Masson a fregar los cacharros. La mujercita de París dijo que para eso había que echar a los hombres. Bajamos los tres.

El sol caía casi a plomo en la arena y su resplandor en el mar era insoportable. En la playa ya no quedaba nadie. En los chalecitos que bordeaban la meseta y daban al mar, se oía ruido de platos y de cubiertos. Apenas si se podía respirar en el calor pétreo que subía del suelo. Al principio, Raymond y Masson hablaron de cosas y de personas de las que yo no sabía nada. Me di cuenta de que hacía mucho que se conocían y que en un momento dado incluso habían vivido juntos. Caminamos hacia el agua y fuimos bordeando el mar. A veces, una olita más larga que la anterior alcanzaba a mojarnos los zapatos de lona. Yo no pensaba en nada porque el sol, que me pegaba en la cabeza descubierta, me adormecía.

En ese momento, Raymond le dijo a Masson algo que oí mal. Pero al mismo tiempo divisé, en la otra punta de la playa y muy alejados de nosotros, a dos árabes con mono de trabajo que venían en nuestra dirección. Miré a Raymond y me dijo: «Es él». Seguimos andando. Masson preguntó cómo habían podido seguirnos hasta aquí. Yo pensé que debían de habernos visto coger el autobús con una bolsa de playa, pero no dije nada.

Los árabes andaban despacio y los teníamos ya mucho más cerca. No cambiamos el paso, pero Raymond dijo: «Si hay pelea, tú, Masson, te quedas con el segundo. Yo me encargo de mi hombre. Y tú, Meursault, si aparece otro, para ti». Dije: «Sí», y Masson se metió las manos en los bolsillos. La arena, recalentada, ahora me parecía roja. Íbamos andando con paso regular hacia los árabes. La distancia que nos separaba se iba reduciendo gradualmente. Cuando estuvimos a pocos pasos unos de otros, los árabes se pararon. Masson y yo acortamos el paso. Raymond se fue derecho a su hombre. No oí bien lo que le dijo, pero el otro hizo ademán de darle un cabezazo. Raymond le pegó entonces el primer golpe y enseguida llamó a Masson. Masson se fue hacia el que le había correspondido y lo golpeó dos veces con todo su peso. El árabe se quedó tirado en el agua, con la cara pegada al fondo, y así estuvo unos segundos, con la cabeza rodeada de burbujas que estallaban en la superficie. Mientras tanto, Raymond también golpeó al otro, que tenía sangre en la cara. Raymond se volvió hacia mí y dijo: «Vas a ver la que se lleva». Le grité: «¡Cuidado, tiene una navaja!». Pero Raymond ya tenía una raja en el brazo y un tajo en la boca.

Masson dio un salto adelante. Pero el otro árabe se había incorporado y se había puesto detrás del que iba armado. No nos atrevimos a movernos. Ellos retrocedieron despacio, sin dejar de mirarnos y de mantenernos a raya con la navaja. Cuando vieron que tenían espacio suficiente, escaparon muy deprisa, mientras nosotros nos quedábamos clavados en el suelo y Raymond se apretaba el brazo del que le chorreaba la sangre.

Masson dijo en el acto que había un médico que pasaba los domingos en la meseta. Raymond quiso ir enseguida. Pero cada vez que hablaba la sangre de la herida le burbujeaba en la boca. Lo sostuvimos y nos volvimos al chalecito tan deprisa como pudimos. Allí Raymond dijo que eran heridas superficiales y que podía ir al médico. Se fue con Masson y yo me quedé para explicarles a las mujeres lo sucedido. La señora Masson lloraba y Marie estaba muy pálida. A mí me aburría la explicación. Acabé por callarme y fumé mirando al mar.

A eso de la una y media, Raymond volvió con Masson. Llevaba el brazo vendado y un esparadrapo en la comisura de la boca. El médico le había dicho que no era nada, pero Raymond parecía de un humor muy sombrío. Masson intentó que se riera. Pero él seguía callado. Cuando dijo que bajaba a la playa, le pregunté dónde iba. Me contestó que quería tomar el aire. Masson y yo dijimos que lo acompañábamos. Entonces se enfadó y nos insultó. Masson sentenció que no había que llevarle la contraria. Yo me fui detrás de él pese a todo.

Anduvimos mucho rato por la playa. El sol ahora era agobiante. Se hacía añicos en la arena y en el mar. Me dio la impresión de que Raymond sabía dónde iba, pero seguramente no era verdad. Al final del todo de la playa llegamos por fin a un manantial pequeño que corría por la arena detrás de una roca grande. Allí encontramos a nuestros dos árabes. Estaban echados con el mono de trabajo pringoso de grasa. Parecían de lo más tranquilo e incluso contentos. Cuando llegamos no hubo cambios. El que había herido a Raymond lo miraba sin decir nada. El otro soplaba en un junco pequeño y repetía sin cesar, mirándonos con el rabillo del ojo, las tres notas que le sacaba al instrumento.

Durante todo ese tiempo solo hubo ya el sol y aquel silencio, con el ruidito del manantial y las tres notas. Luego, Raymond se llevó la mano al bolsillo de atrás, pero el otro no se movió y siguieron mirándose. Me fijé en que el que tocaba la flauta tenía los dedos de los pies muy separados. Pero, sin apartar la vista de su adversario, Raymond me preguntó: «¿Me lo cargo?». Pensé que si le decía que no se acaloraría él solo y seguramente dispararía. Le dije nada más: «Todavía no te ha dicho nada. Quedaría muy feo disparar porque sí». Seguimos oyendo el ruidito del agua y el de la flauta en lo hondo del silencio y del calor. Luego Raymond dijo: «Entonces voy a insultarlo y cuando me conteste, me lo cargo». Contesté: «Eso. Pero si no saca la navaja tú no puedes disparar». Raymond empezó a acalorarse un poco. El otro seguía tocando y los dos observaban todos los gestos de Raymond. «No –le dije a Raymond–. Enfréntate a él de hombre a hombre y dame la pistola. Si el otro interviene o si saca la navaja, me lo cargo.»

Cuando Raymond me dio la pistola, el sol le resbaló por encima. Sin embargo, seguimos inmóviles como si todo se hubiera cerrado a nuestro alrededor. Nos mirábamos sin bajar la vista y todo se quedaba detenido aquí, entre el mar, la arena, el sol, el doble silencio de la flauta y del agua. Pensé en ese momento que era posible disparar o no. Pero de repente los árabes, moviéndose hacia atrás, se escurrieron detrás de la roca. Raymond y yo entonces volvimos por donde habíamos venido. Parecía encontrarse mejor y habló del autobús de vuelta.

Lo acompañé hasta el chalecito y, mientras subía las escaleras de madera, me quedé delante del primer peldaño con la cabeza retumbante de sol, desalentado ante el esfuerzo que suponía subir el tramo de madera y volver a hablar con las mujeres. Pero era tal el calor que también me resultaba penoso quedarme quieto bajo la lluvia cegadora que caía del cielo. Quedarme aquí o irme venía a ser lo mismo. Al cabo de un rato me volví a la playa y eché a andar.

Era la misma explosión roja. En la arena, el mar jadeaba de lleno con la respiración veloz y ahogada de sus olitas. Caminaba despacio hacia las rocas y notaba que la frente se me hinchaba bajo el sol. Todo aquel calor se apoyaba en mí y me oponía resistencia. Y cada vez que notaba su aliento amplio y caliente en el rostro, apretaba los dientes, cerraba los puños en los bolsillos de los pantalones, tensaba todo el cuerpo para poder más que el sol y aquella embriaguez opaca que derramaba. Con cada espada de luz que surgía de la arena, de una concha blanqueada o de un añico de cristal, se me crispaban las mandíbulas. Anduve mucho rato.

Veía de lejos el bultito oscuro de la roca que la luz y la espuma pulverizada del mar rodeaban con un halo cegador. Pensaba en el manantial fresco detrás de la roca. Tenía ganas de volver a encontrarme con el murmullo de su agua, ganas de huir del sol, del esfuerzo y de los llantos de mujer, ganas de volver a encontrarme con la sombra y su descanso. Pero cuando llegué más cerca vi que el hombre de Raymond había vuelto.

Estaba solo. Descansaba echado de espaldas con las manos tras la nuca, la frente a la sombra de las rocas y todo el cuerpo al sol. El mono de trabajo humeaba en el calor. Me quedé un poco sorprendido. Para mí el tema estaba zanjado y había ido allí sin planearlo.

En cuanto me vio, se incorporó un poco y se metió la mano en el bolsillo. Yo, como es natural, empuñé la pistola de Raymond dentro de la chaqueta. Entonces él volvió a dejarse caer hacia atrás, pero sin sacarse la mano del bolsillo. Yo estaba bastante lejos de él, a unos diez metros. Intuía su mirada por momentos, entre los párpados entornados. Pero casi todo el rato su imagen me danzaba delante de los ojos en el aire en llamas. El ruido de las olas era aún más perezoso, más remansado que a mediodía. Eran el mismo sol, la misma luz en la misma arena, que se prolongaba hasta aquí. Hacía ya dos horas que el día había dejado de avanzar, dos horas que había echado el ancla en un océano de metal hirviendo. Por el horizonte, pasó un vapor pequeño e intuí su mancha negra con el filo de la mirada, porque no había dejado de mirar al árabe.

Pensé que bastaba con darme media vuelta y sanseacabó. Pero toda una playa vibrante de sol se me agolpaba detrás. Di unos cuantos pasos hacia el manantial. El árabe no se movió. Pese a todo, estaba aún bastante lejos. Quizá por las sombras en la cara parecía que se estaba riendo. Esperé. La quemazón del sol me llegaba a las mejillas y noté que unas gotas de sudor se me acumulaban en las cejas. Era el mismo sol que el día en que enterré a mamá y, como entonces, lo que más me dolía era la frente, y todas sus venas me latían juntas bajo la piel. Por esta quemazón que no podía seguir soportando me moví hacia delante. Sabía que era una estupidez, que no me iba a librar del sol desplazándome un paso. Pero di un paso, un único paso hacia delante. Y esta vez, sin incorporarse, el árabe sacó la navaja y me la enseñó, al sol. La luz salpicó desde el acero y era como una larga cuchilla que resplandecía y me daba en la frente. En ese mismo momento, el sudor que tenía acumulado en las cejas me corrió de golpe por los párpados y los cubrió con un velo tibio y denso. Tenía los ojos cegados tras esa cortina de lágrimas y de sal. Solo notaba ya los címbalos del sol en la frente y, confusamente, el estoque cegador que salía de la navaja que seguía teniendo ante mí. Esa espada ardiente me roía las pestañas y me hurgaba en los ojos doloridos. Fue entonces cuando todo se tambaleó. El mar acarreó un hálito denso y ardiente. Me pareció que el cielo se abría cuan ancho era para dejar que lloviera fuego. Todo mi ser se tensó y crispé la mano en la pistola. El gatillo cedió, toqué el vientre bruñido de la culata y ahí fue, en el ruido a un tiempo seco y ensordecedor, donde todo empezó. Me sacudí el sudor y el sol. Comprendí que había destruido el equilibrio del día, el silencio excepcional de una playa donde había sido feliz. Entonces volví a disparar otras cuatro veces contra un cuerpo inerte donde se hundían las balas sin que se notase. Y eran como cuatro golpes breves con los que llamaba a la puerta de la desdicha.

SEGUNDA PARTE

I

Nada más detenerme, me interrogaron varias veces. Pero se trataba de interrogatorios de identificación que no duraron mucho rato. La primera vez, en comisaría, mi caso no parecía interesarle a nadie. Ocho días después, en cambio, el juez de instrucción me miró con curiosidad. Pero, de entrada, solo me pidió el nombre y las señas, la profesión, la fecha y el lugar de nacimiento. Luego quiso saber si había elegido abogado. Reconocí que no y le hice preguntas para saber si no quedaba más remedio que tener uno. «¿Por qué?», dijo. Contesté que mi caso me parecía muy sencillo. Sonrió al tiempo que decía: «Es una opinión. Pero, sin embargo, ahí está la ley. Si no elige un abogado, le asignaremos uno de oficio». Me pareció que resultaba muy cómodo que la justicia se hiciera cargo de esos detalles. Se lo dije. Me dio la razón y dijo, para terminar, que la ley estaba bien hecha.

Al principio no me lo tomé en serio. Me recibió en una habitación con cortinajes, tenía encima del escritorio una única lámpara que iluminaba la silla con brazos donde me mandó sentar mientras él se quedaba en la sombra. Yo ya había leído una descripción así en los libros y todo aquello me pareció un juego. Después de la conversación, en cambio, lo miré y vi a un hombre de facciones finas, ojos azules y hundidos, alto, con un largo bigote gris y pelo abundante, casi blanco. Me pareció muy sensato y, en resumidas cuentas, simpático pese a unos cuantos tics nerviosos que le contraían los labios. Al salir, iba incluso a tenderle la mano, pero me acordé a tiempo de que había matado a un hombre.

Al día siguiente, fue a verme un abogado a la cárcel. Era bajo y esférico, bastante joven, con el pelo cuidadosamente planchado. Pese al calor (yo iba en mangas de camisa) vestía traje oscuro, camisa con cuello de pajarita y una corbata rara de rayas gruesas, blancas y negras. Dejó encima de mi cama la cartera que llevaba debajo del brazo y me dijo que había estudiado mi expediente. Mi caso era delicado, pero no dudaba de que saliera bien si tenía confianza en él. Le di las gracias y me dijo: «Vamos al meollo del asunto».

Se sentó en la cama y me explicó que habían pedido información sobre mi vida privada. Se sabía que mi madre había muerto hacía poco en el asilo. Entonces se había llevado a cabo una investigación en Marengo. Los instructores se habían enterado de que yo «había dado muestras de insensibilidad» el día del entierro de mamá. «Me resulta un tanto violento, ¿sabe? –me dijo mi abogado–, preguntarle esto. Pero es muy importante. Y será un argumento de mucho peso para la acusación si no encuentro nada que contestarle.» Quería que lo ayudase. Me preguntó si ese día había estado apenado. Esa pregunta me extrañó mucho y me pareció que me habría sentido muy violento si hubiera tenido que hacerla yo. Contesté, sin embargo, que había perdido un poco la costumbre de preguntarme las cosas y que me resultaba difícil darle información. Quería mucho a mamá, claro, pero eso no significaba nada. Todas las personas sanas habían deseado más o menos la muerte de sus seres queridos. Al llegar aquí, el abogado me interrumpió y pareció muy nervioso. Me hizo prometer que no diría eso en la audiencia ni ante el juez instructor. Sin embargo, le expliqué que, por mi forma de ser, mis necesidades físicas a veces interferían en mis sentimientos. El día que enterré a mamá estaba muy cansado y tenía sueño. Así que no me di cuenta de lo que estaba pasando. Lo que sí podía decir con seguridad es que habría preferido que mamá no se muriera. Pero mi abogado parecía disgustado. Me dijo: «Con eso no basta».

Se quedó pensando. Me preguntó si podía decir que ese día había controlado mis lógicos sentimientos naturales. Le dije: «No, porque es mentira». Me miró de una forma rara, como si le diera un poco de asco. Me dijo, casi con malevolencia, que en cualquier caso al director y al personal del asilo los oirían como testigos y que «eso podía jugarme una muy mala pasada». Le comenté que esa historia no tenía nada que ver con mi caso, pero solo me contestó que estaba claro que yo nunca había tenido ningún trato con la justicia.

Se fue con cara de enfado. Me habría gustado pedirle que se quedase, explicarle que yo quería caerle bien, no para que me defendiera mejor, sino, por decirlo de alguna manera, porque sí. Sobre todo, notaba que conmigo no se sentía a gusto. No me entendía y me guardaba cierto rencor. Yo deseaba asegurarle que era como todo el mundo, exactamente igual que todo el mundo. Pero todo aquello, en el fondo, no era de gran utilidad y lo dejé correr por pereza.

Poco tiempo después me volvieron a llevar ante el juez de instrucción. Eran las dos de la tarde y esta vez llenaba su despacho una luz que apenas tamizaba un visillo. Hacía mucho calor. Me mandó sentar y muy cortésmente me comunicó que mi abogado, «debido a un contratiempo», no había podido acudir. Pero tenía derecho a no responder a sus preguntas y a esperar a que mi abogado pudiera asistirme. Dije que podía contestar solo. Apoyó el dedo en un botón de la mesa. Llegó un secretario joven y se colocó casi a mi espalda.

Nos arrellanamos los dos en las sillas. Empezó el interrogatorio. Me dijo primero que me describían como un hombre de carácter taciturno e introvertido y quiso saber qué opinaba yo. Contesté: «Es que nunca tengo gran cosa que decir. Así que me callo». Sonrió como la primera vez, reconoció que era la mejor razón y añadió: «Por lo demás, no tiene ninguna importancia». Se calló, me miró y se enderezó con bastante brusquedad para decirme muy deprisa: «Lo que me interesa es usted». No entendí bien qué quería decir con eso y no contesté nada. «Hay cosas en su acto –añadió– que se me escapan. Estoy seguro de que me va a ayudar a entenderlas.» Dije que todo era muy sencillo. Me insistió en que le describiese todo lo que había hecho aquel día. Le describí lo que ya le había contado: Raymond, la playa, el baño, la pelea, otra vez la playa, el manantial, el sol y los cinco disparos. Con cada frase, decía: «Bien, bien». Cuando llegué al cuerpo tendido, asintió diciendo: «Bueno». Yo estaba cansado de repetir así la misma historia y me parecía que nunca había hablado tanto.

Tras un silencio, se puso de pie y me dijo que quería ayudarme, que le interesaba y que, con la ayuda de Dios, haría algo por mí. Pero antes quería hacerme unas cuantas preguntas más. A renglón seguido, me preguntó si quería a mamá. Le dije: «Sí, como todo el mundo», y el secretario, que hasta entonces había estado tecleando con regularidad en su máquina, debió de equivocarse de teclas porque se lio y tuvo que dar marcha atrás. Siempre sin aparente lógica, el juez me preguntó entonces si había disparado los cinco tiros seguidos. Lo pensé y especifiqué que había empezado por disparar una sola vez y, tras unos segundos, los otros cuatro tiros. «¿Por qué esperó entre el primer y el segundo disparo?», dijo entonces. Una vez más volví a ver la playa roja y noté en la frente la quemazón del sol. Pero en esta ocasión no contesté. Durante todo el silencio que vino a continuación, el juez pareció ponerse algo nervioso. Se sentó, se revolvió el pelo, se puso de codos en el escritorio y se inclinó un poco hacia mí con una expresión rara: «¿Por qué, por qué disparó usted sobre un cuerpo caído?». Tampoco a esto supe qué responder. El juez se pasó las manos por la frente y repitió la pregunta con una voz un tanto alterada: «¿Por qué? Tiene usted que decírmelo. ¿Por qué?». Yo seguía callado.

De repente, se puso de pie, se fue a zancadas hacia una punta del despacho y abrió el cajón de un archivador. Sacó un crucifijo de plata que enarboló según volvía hacia mí. Y, con una voz completamente cambiada, casi trémula, exclamó: «¿Y a este lo conoce?».

Dije: «Sí, claro». Entonces me dijo muy deprisa y de forma apasionada que él creía en Dios, que estaba convencido de que ningún hombre era lo suficientemente culpable para que Dios no lo perdonase, pero que para eso hacía falta que el hombre con su arrepentimiento se volviese como un niño, cuya alma está vacía y dispuesta para dar acogida a lo que sea. Tenía todo el cuerpo volcado por encima de la mesa. Agitaba el crucifijo casi encima de mí. A decir verdad, yo andaba muy perdido con su razonamiento, primero porque hacía calor y había en su despacho unos moscardones que se me posaban en la cara, y también porque me daba un poco de miedo. Reconocía al mismo tiempo que era ridículo porque, a fin de cuentas, el criminal era yo. Sin embargo, siguió hablando. Entendí más o menos que, según él, no había más que un punto oscuro en mi confesión, el hecho de haber esperado para disparar la pistola por segunda vez. Lo demás estaba muy bien, pero eso no lo entendía.

Iba a decirle que cometía un error al obstinarse: ese último punto no tenía tanta importancia. Pero me interrumpió y me exhortó por última vez, erguido cuan alto era, preguntándome si creía en Dios. Le contesté que no. Se sentó, indignado. Me dijo que era imposible, que todos los hombres creían en Dios, incluso los que se desviaban de su rostro. Esa era su convicción y, si alguna vez tuviera que dudar de ella, su vida no tendría ya sentido. «¿Quiere que mi vida no tenga sentido?», exclamó. Yo opinaba que aquello no era asunto mío y así se lo dije. Pero, desde el otro lado de la mesa, ya me estaba metiendo el Cristo bajo los ojos y exclamaba de forma insensata: «Yo soy cristiano. Le pido a este de aquí el perdón de tus pecados. ¿Cómo puedes no creer que padeció por ti?». No dejé de notar que me tuteaba, pero estaba harto. El calor iba cada vez a más. Como siempre cuando tengo ganas de librarme de alguien a quien apenas si estoy escuchando, puse cara de darle la razón. Para mayor sorpresa mía, se creció: «¿Lo ves, lo ves? –decía–. ¿Verdad que crees y que te vas a poner en sus manos?». Dije que no una vez más, por supuesto. Y se desplomó en la silla.

Parecía muy cansado. Se quedó silencioso un momento mientras la máquina de escribir, que no había dejado de ir acompañando el diálogo, prolongaba aún las últimas frases. Luego, me miró atentamente y, con algo de tristeza, susurró: «Nunca he visto un alma tan encallecida como la suya. Los criminales que han comparecido ante mí siempre han llorado ante esta imagen del dolor». Iba a contestar que eso era porque se trataba de criminales, precisamente. Pero pensé que yo también era como ellos. No conseguía hacerme a esa idea. El juez se puso de pie entonces, como si me indicase que el interrogatorio había concluido. Solo me preguntó, con aquella apariencia algo cansada, que si lamentaba mi acción. Lo pensé y dije que, más que lamentarlo de verdad, notaba cierto fastidio. Me dio la impresión de que no me entendía. Pero ese día ahí se quedaron las cosas.

Posteriormente, volví a ver con frecuencia al juez de instrucción. Pero en todas las ocasiones me acompañaba mi abogado. Todo se quedaba en hacerme especificar algunos puntos de mis declaraciones anteriores. O, también, el juez discutía los cargos con mi abogado. Pero, en realidad, nunca se ocupaban de mí en esos momentos. En cualquier caso, el tono de los interrogatorios fue cambiando poco a poco. No volvió a hablarme de Dios y nunca más volví a verlo tan fuera de sí como el primer día. El resultado fue que nuestras entrevistas se hicieron más cordiales. Unas cuantas preguntas, algo de conversación con mi abogado y se acababan los interrogatorios. Mi caso seguía su curso, según la expresión del propio juez. A veces también, cuando la conversación era de orden general, me metían en ella. Yo estaba empezando a respirar. Nadie, en aquellas horas, se portaba mal conmigo. Todo era tan natural, tan bien regulado e interpretado con tanta sobriedad que me daba la ridícula impresión de «formar parte de la familia». Y, al cabo de los once meses que duró la instrucción, puedo decir que casi me extrañaba que en alguna ocasión me hubiera alegrado otra cosa que no fueran esos escasos instantes en los que el juez me acompañaba hasta la puerta de su despacho dándome palmadas en el hombro y diciéndome con expresión cordial: «Se acabó por hoy, señor Anticristo». Y luego volvían a ponerme en manos de los gendarmes.

II

Hay cosas de las que nunca me ha gustado hablar. Cuando entré en la cárcel, comprendí al cabo de unos cuantos días que no me iba a gustar hablar de esa parte de mi vida.

Más adelante, dejaron de parecerme importantes esos escrúpulos. En realidad, los primeros días no acababa de estar en la cárcel: esperaba vagamente algún acontecimiento nuevo. Fue solo tras la primera y única visita de Marie cuando todo empezó. Desde el día en que recibí su carta (me decía que no la dejaban ir más porque no era mi mujer), desde ese día, noté que en mi celda estaba en mi casa y que allí se paraba mi vida. El día de la detención, primero me encerraron en una habitación en la que había ya más detenidos, árabes la mayoría. Se rieron al verme. Luego me preguntaron qué había hecho. Dije que había matado a un árabe y se quedaron callados. Pero, al rato, anocheció. Me explicaron cómo había que preparar la esterilla en la que tenía que dormir. Enrollando uno de los extremos se podía hacer un cabezal. Toda la noche me estuvieron corriendo chinches por la cara. Unos días después me aislaron en una celda donde dormía en un banco de madera. Tenía un cubo para mis necesidades y una palangana de hierro. La cárcel estaba en la parte más alta de la ciudad y por un ventanuco podía ver el mar. Fue un día en que estaba agarrado a los barrotes, tendiendo la cara hacia la luz, cuando entró un carcelero y me dijo que tenía una visita. Pensé que sería Marie. Y era ella efectivamente.

Recorrí, para ir al locutorio, un pasillo largo, luego unas escaleras y, al final, otro pasillo. Entré en una estancia muy grande en la que la luz penetraba por un gran ventanal. La estancia la dividían en tres unas rejas grandes que la partían a lo largo. Entre las dos rejas había una zona de ocho o diez metros que separaba a los visitantes de los presos. Vi a Marie delante de mí con su vestido de rayas y su cara tostada. En mi lado, había unos diez presos, la mayoría árabes. Marie estaba rodeada de moras y la flanqueaban dos visitantes: una viejecita de labios fruncidos vestida de negro, y una mujer gruesa con la cabeza descubierta que hablaba muy alto y gesticulando mucho. Por culpa de la distancia entre las rejas, las visitantes y los presos tenían que hablar a voces. Cuando entré, ese ruido, que rebotaba en las altas paredes desnudas de la estancia, y la luz cruda que fluía desde el cielo por los cristales y salpicaba la estancia, me dejaron como atontado. Mi celda era más tranquila y más oscura. Necesité unos segundos para adaptarme. Sin embargo, acabé por ver todas las caras con claridad, nítidas a la luz del día. Me fijé en que había un carcelero sentado en la punta del pasillo entre las dos rejas. La mayoría de los presos árabes y sus familias estaban acuclillados frente por frente. Esos no gritaban. Pese al barullo, conseguían entenderse hablando muy bajo. Su sordo murmullo, que salía desde más abajo, formaba algo así como un bajo continuo que acompañaba las conversaciones que se cruzaban por encima de sus cabezas. En todo eso me fijé muy deprisa mientras me acercaba a Marie. Pegada ya a la verja, me sonreía con todas sus fuerzas. La encontré muy guapa, pero no supe decírselo.

«¿Y qué?», me dijo muy alto. «Pues ya ves.» «¿Estás bien? ¿Tienes todo lo que necesitas?» «Sí, todo.»

Nos callamos y Marie seguía sonriendo. La mujer gruesa le vociferaba a mi vecino, su marido seguramente, un individuo alto y rubio de mirada franca. Proseguían una conversación ya empezada.

«Jeanne no ha querido quedarse con él», gritaba ella a voz en cuello. «Sí, sí», decía el hombre. «Le he dicho que volverías a hacerte cargo tú cuando salieras, pero no ha querido quedarse con él.»

Marie, por su parte, gritó que Raymond me mandaba recuerdos y yo dije: «Gracias». Pero mi voz la cubrió mi vecino, que preguntó si «él estaba bien.» Su mujer se rio al decir que «nunca había estado mejor». Mi vecino de la izquierda, un muchacho menudo de manos delicadas, no decía nada. Me fijé en que estaba frente por frente con la viejecita y que los dos se miraban con intensidad. Pero no me dio tiempo a seguir observándolos porque Marie me gritó que había que tener esperanza. Dije: «Sí». Al mismo tiempo la miraba y tenía ganas de apretarle el hombro por encima del vestido. Tenía ganas de esa tela fina y no sabía muy bien en qué había que tener esperanza aparte de en esa tela. Pero seguramente era eso lo que Marie quería decir, porque seguía sonriendo. Ya no veía más que el brillo de sus dientes y las arruguitas de los ojos. Ella volvió a gritar: «¡Saldrás y nos casaremos!». Yo contesté: «¿Tú crees?», pero era sobre todo por decir algo. Ella dijo entonces, muy deprisa y siempre muy alto, que sí, que me absolverían y que volveríamos a bañarnos. Pero la otra mujer vociferaba por su lado y decía que había dejado una cesta en la secretaría. Enumeraba todo lo que había metido en ella. Había que comprobarlo porque todo era muy caro. Mi otro vecino y su madre seguían mirándose. El murmullo de los árabes seguía por debajo de nosotros. Fuera, la luz parecía henchirse contra el ventanal.

Me sentía un poco mal y me habría gustado irme. El ruido me hacía daño. Pero, por otra parte, quería seguir disfrutando de la presencia de Marie. No sé cuánto tiempo pasó. Marie me habló de su trabajo y sonreía sin parar. El murmullo, los gritos y las conversaciones se entrecruzaban. El único islote de silencio estaba a mi lado en ese muchacho y esa viejecita que se miraban. Poco a poco se fueron llevando a los árabes. Casi todo el mundo se calló en cuanto salió el primero. La viejecita se arrimó a la reja y, en ese mismo momento, el carcelero le hizo una seña a su hijo. Dijo: «Adiós, mamá», y ella metió la mano entre dos barrotes para hacerle una seña despaciosa y prolongada.

Se fue mientras entraba un hombre con el sombrero en la mano y ocupaba su lugar. Hicieron entrar a un preso y se hablaron animadamente, pero a media voz porque la estancia se había quedado silenciosa.

Vinieron a buscar a mi vecino de la derecha y su mujer le dijo sin bajar la voz, como si no se hubiera fijado en que ya no hacía falta gritar: «Cuídate y mucho ojo». Luego llegó mi turno. Marie me hizo una seña de que me mandaba un beso. Miré hacia atrás antes de desaparecer. Estaba quieta, con la cara aplastada contra la reja y la misma sonrisa cuarteada y crispada.

Poco después me escribió. Y fue a partir de ese momento cuando empezaron las cosas de las que nunca me ha gustado hablar. De todas formas tampoco hay que exagerar y me costó menos que a otros. Al principio de la reclusión, sin embargo, lo que me resultó más duro fue tener pensamientos de hombre libre. Por ejemplo, me entraban ganas de estar en una playa y de caminar hacia el mar. Al imaginar el ruido de las primeras olas bajo la planta de los pies, la entrada del cuerpo en el agua y la liberación que hallaba en ello notaba de repente qué cerca estaban entre sí las paredes de mi celda. Pero eso duró unos meses. Luego no tuve ya sino pensamientos de preso. Esperaba el paseo cotidiano que daba por el patio o la visita de mi abogado. Me las apañaba muy bien con el tiempo restante. He pensado muchas veces que si me hubieran obligado a vivir dentro del tronco de un árbol seco, sin más ocupación que mirar la flor del cielo por encima de mi cabeza, me habría ido acostumbrando poco a poco. Habría esperado que pasasen bandadas de pájaros, o encuentros de nubes, igual que aquí esperaba las curiosas corbatas de mi abogado e igual que, en otro mundo, esperaba con paciencia hasta el sábado para estrechar el cuerpo de Marie. Y resultaba, pensándolo bien, que no estaba dentro de un árbol seco. Había gente más desgraciada que yo. Lo cual era, por otra parte, algo que pensaba mamá y que repetía con frecuencia, que uno acababa acostumbrándose a todo.

Por lo demás, no solía pensar tanto. Los primeros meses fueron duros. Pero precisamente el esfuerzo que tuve que hacer me ayudaba a pasarlos. Por ejemplo, me atormentaba el deseo de una mujer. Era natural, era joven. No pensaba nunca en Marie en particular. Pero pensaba tanto en una mujer, en mujeres, en todas las que había conocido, en todas las circunstancias en que las había amado, que se me llenaba la celda con todos esos rostros y la poblaban mis deseos. Por una parte, me trastornaba. Pero, por otra, era una forma de matar el tiempo. Había acabado por ganarme la simpatía del jefe de los carceleros, que acompañaba a la hora de las comidas al mozo de la cocina. Fue él quien empezó a hablarme de las mujeres. Me dijo que era de lo primero de lo que se quejaban los demás. Yo le dije que a mí me pasaba como a ellos y que me parecía un trato injusto. «Pero –dijo– si es precisamente por eso por lo que los meten en la cárcel.» «¿Cómo que por eso?» «Pues claro, la libertad es eso. Los privan de la libertad.» Nunca lo había pensado. Le di la razón. «Es cierto –le dije–. ¿Dónde estaría el castigo?» «Sí, usted entiende las cosas. Los otros, no. Pero acaban por aliviarse ellos solos.» Después el carcelero se fue.

También pasó lo de los cigarrillos. Cuando ingresé en la cárcel, me quitaron el cinturón, los cordones de los zapatos, la corbata, todo lo que llevaba en los bolsillos y, en particular, los cigarrillos. Ya en la celda, pedí que me los devolvieran. Pero me dijeron que estaba prohibido. Los primeros días fueron muy duros. Eso fue quizá lo que más me deprimió. Chupaba trozos de madera que arrancaba del tablón de la cama. Me acompañaba todo el día una náusea continua. No entendía por qué me privaban de eso que no le hacía daño a nadie. Más adelante entendí que también formaba parte del castigo. Pero en ese momento ya me había acostumbrado a no fumar y ese castigo para mí había dejado de serlo.

Quitando esas molestias, no era excesivamente infeliz. De lo que se trataba, también en este caso, era de matar el tiempo. Acabé por no aburrirme en absoluto desde el momento en que aprendí a recordar. Me ponía a veces a pensar en mi cuarto y, con la imaginación, empezaba en una esquina para volver a la misma esquina detallando mentalmente todo aquello con lo que me encontraba por el camino. Al principio, acababa enseguida. Pero cada vez que lo repetía, tardaba un poco más. Porque recordaba todos los muebles y, en cada uno, todos los objetos que había en ellos y, en cada objeto, todos los detalles, y en lo referido a esos detalles, una incrustación, una raja o un filo desportillado, el color o la textura. Al mismo tiempo, intentaba no perder el hilo del inventario, hacer una enumeración completa. De forma tal que, al cabo de unas pocas semanas, podía pasarme horas solo detallando lo que había en mi cuarto. Así, cuanto más pensaba, más cosas desconocidas y olvidadas me sacaba de la memoria. Entendí entonces que un hombre que no hubiera vivido sino un día podría, sin que le costase nada, vivir cien años en una cárcel. Tendría recuerdos suficientes para no aburrirse. En cierto sentido, era una ventaja.

Estaba también el sueño. Al principio, dormía mal por la noche y no dormía nada de día. Poco a poco, fui pasando mejores noches y pude dormir también de día. Puedo decir que, en los últimos meses, dormía entre dieciséis y dieciocho horas diarias. Me quedaban entonces seis horas por matar con las comidas, las necesidades corporales, los recuerdos y la historia del checoslovaco.

Resulta que, entre el jergón y el tablón de la cama había encontrado un trozo de periódico viejo casi pegado a la tela, amarillento y transparente. Narraba un suceso al que le faltaba el principio, pero que debía de haber ocurrido en Checoslovaquia. Un hombre se había ido de un pueblo checo para hacer fortuna. Al cabo de veinticinco años había vuelto rico, con una mujer y un hijo. Su madre regentaba un hotel con su hermana en su pueblo natal. Para darles una sorpresa, dejó a su mujer y a su hijo en otro establecimiento y fue al de su madre, que no lo reconoció cuando entró. Para gastar una broma, se le ocurrió coger una habitación. Dejó ver el dinero que llevaba. Durante la noche, su madre y su hermana lo asesinaron a martillazos para robarle y tiraron el cuerpo al río. Por la mañana, llegó la mujer y reveló sin saberlo la identidad del viajero. La madre se ahorcó. La hermana se tiró a un pozo. Debí de leer esa historia miles de veces. Por una parte, era inverosímil. Por otra, era lógica. De todas formas, me parecía que el viajero se lo había merecido hasta cierto punto y que no hay que andar jugando nunca.

Así, con las horas de sueño, los recuerdos, la lectura de ese suceso y la alternancia de la luz y la oscuridad fue pasando el tiempo. Sí que había leído que en la cárcel se pierde la noción del tiempo. Pero era algo que no me decía gran cosa. No había entendido hasta qué punto los días podían ser a la vez largos y cortos. Largos de vivir, desde luego, pero tan dilatados que acababan por desbordarse unos en otros. Se quedaban sin nombre. Las palabras ayer o mañana eran las únicas que seguían teniendo sentido para mí.

Cuando un día el carcelero me dijo que llevaba allí cinco meses, lo creí, pero no lo entendí. Para mí era continuamente el mismo día el que irrumpía en la celda; y la tarea a la que me dedicaba, la misma. Ese día, después de irse el carcelero, me miré en la escudilla metálica. Me pareció que mi imagen se quedaba seria incluso aunque intentaba sonreírle. Sacudí la escudilla ante mí. Sonreí y la imagen siguió con la misma expresión adusta y triste. Iba cayendo el día y era esa hora de la que no quiero hablar, la hora sin nombre en que los ruidos del atardecer subían desde todas las plantas de la cárcel en un cortejo de silencio. Me acerqué al ventanuco y, con la última luz, volví a mirar mi imagen. Seguía seria, y no era de extrañar, puesto que en ese momento yo también lo estaba. Pero, al mismo tiempo y por primera vez desde hacía meses, oí claramente el sonido de mi voz. Reconocí que era esa misma que llevaba ya muchos días sonándome en los oídos y me di cuenta de que todo ese tiempo había estado hablando solo. Me acordé entonces de lo que decía la enfermera en el entierro de mamá. No, no había escapatoria, y nadie puede imaginarse lo que son los atardeceres en las cárceles.

III

Puedo decir que, en realidad, el verano ocupó enseguida el lugar del verano. Sabía que cuando llegara el calor ocurriría algo nuevo. Mi caso figuraba en la última sesión del tribunal de lo penal y esa sesión concluiría con el mes de junio. Empezaron las audiencias con el sol, fuera, en su plenitud. Mi abogado me aseguró que no durarían más de dos o tres días. «Por lo demás –había añadido–, el tribunal tendrá prisa porque el caso de usted no es el más importante de la sesión. Hay un parricidio que se verá inmediatamente después.»

A las siete y media de la mañana vinieron a buscarme y el furgón celular me llevó al palacio de justicia. Los dos gendarmes me metieron en un cuartito que olía a sombra. Esperamos, sentados junto a una puerta detrás de la que se oían voces, llamadas, ruido de sillas y un barullo que me recordó a esas fiestas de barrio en que, después del concierto, se prepara la sala para poder bailar. Los gendarmes me dijeron que había que esperar al tribunal y uno de ellos me ofreció un cigarrillo que rechacé. Me preguntó, poco después, si «estaba asustado». Contesté que no. E incluso, hasta cierto punto, me interesaba ver un juicio. Nunca en la vida se me había presentado esa oportunidad. «Sí –dijo el otro gendarme–, pero acaba cansando.»

Pasó un rato y sonó un timbrazo breve en la habitación. Entonces, me quitaron las esposas. Abrieron la puerta y me metieron en el banquillo de los acusados. La sala estaba llena a reventar. Pese a las persianas, el sol se colaba por algunos sitios y el ambiente era ya asfixiante. Habían dejado las hojas de las ventanas cerradas. Me senté y los gendarmes se colocaron a ambos lados. Fue en ese momento cuando vi una hilera de caras delante de mí. Todas me miraban; caí en la cuenta de que eran los miembros del jurado. Pero no puedo decir en qué se diferenciaban unos de otros. Tuve una única impresión: estaba delante del asiento corrido de un tranvía y todos esos viajeros anónimos espiaban al recién llegado para ver en qué resultaba ridículo. Sé de sobra que era una idea simplona, ya que aquí lo que se buscaba no era la ridiculez sino el crimen. Sin embargo, no hay mucha diferencia y, en cualquier caso, eso fue lo que se me ocurrió.

Estaba un poco aturdido también, con tanta gente en ese local cerrado. Volví a mirar la sala de audiencias y no distinguí ninguna cara. Creo que de entrada no me había dado cuenta de que toda esa gente se agolpaba para verme. Normalmente, la gente no se fija en mí. Y tuve que hacer un esfuerzo para entender que el motivo de todo ese jaleo era yo. Le dije al gendarme: «¡Cuánta gente!». Me contestó que era por culpa de los periódicos y me indicó un grupo que estaba junto a una mesa, bajo el banco de los miembros del jurado. Me dijo: «Ahí están». Pregunté: «¿Quiénes?», y repitió: «Los periódicos». El gendarme conocía a uno de los periodistas que, en ese momento, lo vio y se nos acercó. Era un hombre ya mayor, simpático, que hacía algunos visajes. Le dio un efusivo apretón de manos. Me fijé en ese momento en que todo el mundo se encontraba, se llamaba y charlaba como en un club donde te alegras de coincidir con personas del mismo ambiente. Me expliqué así aquella curiosa impresión que tenía de estar de más, de ser algo así como un intruso. Sin embargo, el periodista se dirigió a mí sonriente. Me dijo que esperaba que todo me fuera bien. Le di las gracias y añadió: «¿Sabe? Hemos inflado un poco su caso. El verano es la temporada baja de los periódicos. Y las únicas historias que merecían la pena eran la suya y la del parricida». Me señaló luego, en el grupo del que se acababa de separar, a un hombrecillo que parecía una comadreja bien cebada, con unas gafas enormes de montura negra. Me dijo que era el enviado especial de un periódico de París. «No ha venido por usted, pero como tiene que cubrir el juicio del parricida, le han pedido que telegrafíe su caso al mismo tiempo.» También ahora estuve a punto de darle las gracias. Pero pensé que quedaría ridículo. Me hizo un ademán cordial con la mano y se fue. Esperamos otros cuantos minutos.

Llegó mi abogado con toga, rodeado de muchos colegas suyos. Se acercó a los periodistas y estrechó varias manos. Bromearon, se rieron y parecían de lo más a gusto hasta el momento en que sonó el timbre en la sala. Todo el mundo volvió a su sitio. Mi abogado se me acercó, me estrechó la mano y me aconsejó que respondiera escuetamente a las preguntas que me hicieran, que no tomase ninguna iniciativa y que lo demás se lo dejase a él.

A mi izquierda oí el ruido de una silla que empujaban hacia atrás y vi a un hombre alto y delgado, vestido de rojo y con lentes de pinza, que se sentaba doblando la toga con cuidado. Era el fiscal. Un ujier anunció la entrada del tribunal. En ese mismo momento, dos ventiladores grandes empezaron a girar. Tres jueces, dos de negro y el tercero de rojo, entraron con carpetas y caminaron deprisa hacia la tribuna que dominaba la sala. El hombre de toga roja se sentó en la silla del centro, colocó ante sí el birrete, se secó la calvita con un pañuelo y declaró abierta la sesión.

Los periodistas estaban ya pluma en mano. Todos tenían la misma expresión indiferente y un tanto socarrona. Sin embargo, uno mucho más joven, vestido de franela gris y con corbata azul, había dejado la pluma ante sí y me miraba. En un rostro un tanto asimétrico, yo no le veía sino los ojos, muy claros, que me examinaban atentamente sin expresar nada que se pudiera definir. Y me dio la curiosa impresión de que me estaba mirando yo a mí mismo. Quizá fue por eso, y también porque no estaba al tanto de los usos de este sitio, por lo que no me enteré muy bien de todo cuanto ocurrió luego, el sorteo de los miembros del jurado, las preguntas que les hizo el presidente al abogado, al fiscal y al jurado (en todas las ocasiones la cabeza de todos los miembros del jurado giraba al mismo tiempo hacia el tribunal), una lectura rápida de la acusación donde reconocí nombres de sitios y de personas, y más preguntas a mi abogado.

Pero el presidente dijo que iba a proceder a llamar a los testigos. El ujier leyó unos nombres que me llamaron la atención. Del seno de ese público, amorfo un rato antes, vi alzarse uno a uno, para desaparecer luego por una puerta lateral, al director y al portero del asilo, al viejo aquel, Thomas Pérez, a Raymond, a Masson, a Salamano y a Marie. Esta me hizo una señal discreta y ansiosa. Yo seguía aún extrañado por no haberlos divisado antes, cuando, al oír su nombre, se levantó el último, Céleste. Reconocí a su lado a la mujercita del restaurante con su chaqueta y su aspecto preciso y decidido. Me miraba con intensidad, pero no me dio tiempo a pensar porque el presidente tomó la palabra. Dijo que la sesión iba a empezar en serio y que le parecía inútil recomendarle al público que guardase la compostura. Según él, estaba allí para dirigir con imparcialidad la sesión de un caso que quería enfocar con objetividad. La sentencia que dictase el jurado se tomaría con espíritu de justicia y, en cualquier caso, haría evacuar la sala al menor incidente.

El calor iba a más y yo veía en la sala a los asistentes abanicarse con periódicos. El resultado era un ruidito continuo de papel arrugado. El presidente hizo una seña y el ujier trajo tres paipáis de paja trenzada que los tres jueces utilizaron inmediatamente.

Mi interrogatorio empezó acto seguido. El presidente me hizo las preguntas sosegadamente e incluso, a lo que me pareció, con un matiz de cordialidad. Me volvieron a pedir que me identificara y, aunque me irritó, pensé que en el fondo era algo natural porque sería demasiado grave juzgar a un hombre en lugar de a otro. Luego, el presidente volvió a referir lo que había hecho yo, dirigiéndose a mí cada tres frases para preguntarme: «¿Es así?». En todas las ocasiones contesté: «Sí, señor presidente», siguiendo las indicaciones de mi abogado. Duró mucho porque el presidente relataba los hechos minuciosamente. Todo ese rato los periodistas estuvieron escribiendo. Yo notaba las miradas del más joven y de la mujercita autómata. El asiento del tranvía estaba completamente vuelto hacia el presidente. Este tosió, hojeó el expediente y se volvió hacia mí abanicándose.

Me dijo que tenía ahora que entrar en cuestiones aparentemente ajenas a mi caso, pero que quizá estuvieran estrechamente relacionadas. Comprendí que iba a volver a hablar de mamá y noté al mismo tiempo cuánto me aburría el tema. Me preguntó por qué había llevado a mamá al asilo. Contesté que era porque no me llegaba el dinero para que la cuidasen y la atendiesen en casa. Me preguntó si me había supuesto un esfuerzo personal y contesté que ni mamá ni yo esperábamos ya nada del otro ni, por lo demás, de nadie, y que nos habíamos acostumbrado los dos a nuestras nuevas vidas. El presidente dijo entonces que no quería insistir en ese punto y le preguntó al fiscal si no se le ocurrían otras preguntas que hacerme.

Este me daba la espalda a medias y, sin mirarme, declaró que, con la venia del presidente, le gustaría saber si había vuelto yo solo al manantial con intención de matar al árabe. «No», dije. «Entonces, ¿por qué iba armado y por qué volver precisamente a ese lugar?» Dije que había sido casualidad. Y el fiscal comentó, con tono malévolo: «Nada más por ahora». Luego todo resultó un poco confuso, al menos para mí. Pero, tras unos cuantos conciliábulos, el presidente declaró que se levantaba la sesión y que proseguiría por la tarde para oír a los testigos.

No me dio tiempo a pensar. Me sacaron, me metieron en el furgón celular y me llevaron a la cárcel, donde comí. Al cabo de muy poco rato, justo lo suficiente para darme cuenta de que estaba cansado, volvieron a buscarme, todo empezó otra vez y me vi en la misma sala, delante de las mismas caras. Solo que hacía mucho más calor y, como por arte de magia, todos los miembros del jurado, el fiscal, mi abogado y unos cuantos periodistas iban provistos de paipáis de paja. Allí seguían el periodista joven y la mujercita. Pero no se abanicaban, y me seguían mirando sin decir nada.

Me sequé el sudor que me corría por la cara y no volví a tener cierta conciencia del lugar y de mí mismo hasta que oí llamar al director del asilo. Le preguntaron si mamá se quejaba de mí, y dijo que sí, pero que quejarse de sus allegados era en cierto modo la manía de todos los internos. El presidente le hizo especificar si me reprochaba que la hubiera metido en el asilo, y el director volvió a decir que sí. Pero, en esta ocasión, no añadió nada. A otra pregunta contestó que lo había dejado sorprendido mi calma el día del entierro. Le preguntaron qué entendía por calma. El director se miró entonces la punta de los zapatos y dijo que yo no había querido ver a mamá, no había llorado ni una vez y me había ido nada más acabar el entierro sin un rato de recogimiento sobre su tumba. Otra cosa lo había sorprendido: un empleado de la funeraria le había dicho que yo no sabía qué edad tenía mamá. Hubo un momento de silencio y el presidente le preguntó si era efectivamente a mí a quien se había referido. Al no entender el director la pregunta, le dijo: «Es la ley». Luego, el presidente le preguntó al fiscal si no tenía preguntas que hacerle al testigo y el fiscal exclamó: «¡No, no! Con eso basta», con un arranque tal y una mirada tan triunfante dirigida a mí que, por primera vez desde hacía muchos años, tuve unas estúpidas ganas de llorar porque noté cuánto me aborrecían todas esas personas.

Tras preguntarles al jurado y a mi abogado si tenían preguntas que hacer, el presidente oyó al portero. Con él, como con todos los demás, se repitió el mismo ceremonial. Al llegar, el portero me miró y apartó la vista. Respondió a las preguntas que le hacían. Dijo que yo no quise ver a mamá, que fumé, que dormí y que tomé café con leche. Sentí entonces algo que soliviantaba a toda la sala y, por primera vez, comprendí que era culpable. Le hicieron repetir al portero la historia del café con leche y la del cigarrillo. El fiscal me miró con un resplandor irónico en los ojos. En ese momento, mi abogado le preguntó al portero si no había fumado conmigo. Pero el fiscal se opuso con vehemencia a esa pregunta: «¡Quién es aquí el criminal y qué procedimientos son estos que consisten en mancillar a los testigos de la acusación para minimizar unos testimonios que, no por ello, dejan de ser abrumadores!». Pese a todo, el presidente le pidió al portero que respondiera a la pregunta. El viejo dijo, con cara de apuro: «Ya sé que hice mal. Pero no me atreví a rechazar el cigarrillo que me dio el caballero». Al final, me preguntaron si no tenía nada que añadir.

«Nada –contesté–. Solo que el testigo tiene razón. Es verdad que le di un cigarrillo.» El portero me miró entonces con cierta extrañeza y algo así como gratitud. Titubeó y luego dijo que era él quien me había invitado a café con leche. Mi abogado se mostró ruidosamente satisfecho y declaró que los miembros del jurado tomarían buena nota. Pero el fiscal tronó por encima de nuestras cabezas, diciendo: «Sí, los miembros del jurado tomarán buena nota. Y llegarán a la conclusión de que alguien ajeno podía ofrecer un café, pero que un hijo debía rechazarlo ante el cuerpo de quien lo había traído al mundo». El portero se volvió a su banco.

Cuando le llegó el turno a Thomas Pérez, un ujier tuvo que ir sosteniéndolo hasta la barandilla. Pérez dijo que a quien conocía era a mi madre y que a mí solo me había visto una vez, el día del entierro. Le preguntaron lo que había hecho yo ese día y contestó: «Miren, yo estaba muy apenado. Así que no vi nada. Era por la pena por lo que no veía. Porque era para mí una pena muy grande. Y hasta me desmayé. Así que no pude ver al caballero». El fiscal le preguntó si al menos me había visto llorar. Pérez contestó que no. Entonces fue al fiscal a quien le tocó decir: «Los miembros del jurado tomarán buena nota». Pero mi abogado se enfadó. Le preguntó a Pérez, con un tono que me pareció exagerado, «si había visto que no llorase». Pérez dijo: «No». El público se rio. Y mi abogado, remangándose de un lado, dijo con acento perentorio: «¡Esta es la imagen de este juicio. ¡Todo es verdad y nada es verdad!». El fiscal tenía la cara hosca y metía un lápiz entre los documentos de sus carpetas.

Después de un aplazamiento de cinco minutos, durante los que mi abogado me dijo que todo iba a pedir de boca, oyeron a Céleste, que era un testigo de la defensa. La defensa era yo. Céleste miraba de vez en cuando de reojo hacia donde estaba yo y le daba vueltas a un panamá entre las manos. Llevaba el traje nuevo que se ponía para ir conmigo algunos domingos a las carreras de caballos. Pero creo que no había podido ponerse el cuello porque llevaba solo un botón de cobre para cerrarse la camisa. Le preguntaron si yo era cliente suyo, y dijo: «Sí, pero también era un amigo»; lo que pensaba de mí, y contestó que era un hombre; que qué quería decir con eso, y afirmó que todo el mundo sabía lo que significaba eso; si se había fijado en que era introvertido, y lo único que reconoció es que no hablaba a lo tonto. El fiscal le preguntó si pagaba puntualmente la manutención. Céleste se rio y declaró: «Eso queda entre nosotros». Le preguntaron además qué le parecía mi crimen. Entonces puso las manos en la barandilla, y se notaba que había preparado algo. Dijo: «Para mí, es una desgracia. Todo el mundo sabe qué es eso de una desgracia. Lo deja a uno indefenso. ¡Bueno, pues para mí es una desgracia!». Iba a seguir, pero el presidente le dijo que muy bien y que muchas gracias. Entonces Céleste se quedó un poco cortado. Pero dijo que quería decir algo más. Le pidieron que fuera breve. Repitió que era una desgracia. Y el presidente le dijo: «Sí, está claro, pero estamos aquí para juzgar las desgracias de esta índole. Muchas gracias». Como si hubiera llegado al cabo de su ciencia y de su buena voluntad, Céleste se volvió entonces hacia mí. Me pareció que le brillaban los ojos y que le temblaban los labios. Parecía que me estaba preguntando qué más podía hacer. Yo no dije nada, no hice ningún gesto, pero fue la primera vez en la vida en que me entraron ganas de abrazar a un hombre. El presidente volvió a mandarle que se retirase de la barandilla. Céleste fue a sentarse en la sala. Durante todo el resto de la sesión se quedó allí, algo encorvado, con los codos en las rodillas y el panamá entre las manos, escuchando cuanto se decía. Entró Marie. Se había puesto sombrero y seguía estando guapa. Pero me gustaba más con el pelo suelto. Desde el sitio en que estaba yo, intuía el peso liviano de los pechos y reconocía el labio inferior, siempre algo abultado. Parecía muy nerviosa. Enseguida le preguntaron desde cuándo me conocía. Indicó la época en que trabajaba en mi empresa. El presidente quiso saber qué relación tenía conmigo. Dijo que era mi amiga. A otra pregunta contestó que era verdad que iba a casarse conmigo. El fiscal, que estaba hojeando un expediente, le preguntó de pronto desde cuándo estábamos juntos. Ella le indicó la fecha. El fiscal comentó con expresión indiferente que le parecía que era al día siguiente a la muerte de mamá. Luego dijo con cierta ironía que no es que quisiera insistir en una situación delicada, que comprendía muy bien los escrúpulos de Marie, pero que (aquí puso un tono más duro) el deber le ordenaba que prescindiera de las conveniencias. Así que le pidió a Marie que resumiera ese día en que yo la había conocido. Marie no quería hablar, pero, ante la insistencia del fiscal, contó nuestro baño, que habíamos ido al cine y luego a mi casa. El fiscal dijo que, después de declarar Marie durante la instrucción, había mirado la cartelera de esa fecha. Añadió que la propia Marie diría qué película estaban echando entonces. Con voz casi inexpresiva, indicó que era una película de Fernandel. Cuando acabó de hablar la sala estaba en completo silencio. El fiscal se puso entonces de pie, muy serio, y con una voz que me pareció conmovida de verdad y apuntándome con el dedo, articuló despacio: «Señores del jurado, al día siguiente de la muerte de su madre, este hombre iba a bañarse, iniciaba una relación irregular y se reía con una película cómica. No tengo nada más que decirles». Se sentó, con la sala aún silenciosa. Pero, de repente, Marie rompió en sollozos, dijo que las cosas no eran así, que había algo más, que la obligaban a decir lo contrario de lo que pensaba, que me conocía bien y que yo no había hecho nada malo. Pero el ujier, atendiendo a una seña del presidente, se la llevó y la sesión prosiguió.

A continuación, apenas si le hicieron caso a Masson, quien declaró que yo era un hombre honrado «y diré más, un hombre cabal». Apenas si le hicieron caso a Salamano cuando recordó que yo había sido bueno con su perro y cuando contestó a una pregunta sobre mi madre y sobre mí diciendo que yo no tenía ya nada que decirle a mamá y que por eso la había llevado al asilo. «Hay que entenderlo –decía Salamano–, hay que entenderlo.» Pero nadie parecía entenderlo. Se lo llevaron.

Luego, le tocó el turno a Raymond, que era el último testigo. Raymond me hizo una breve seña y dijo en el acto que yo era inocente. Pero el presidente declaró que no se le pedían apreciaciones, sino hechos. Lo invitó a que esperase a las preguntas para contestar. Le hicieron especificar sus relaciones con la víctima.

Raymond aprovechó para decir que era a él a quien esta odiaba desde que había abofeteado a su hermana. El presidente le preguntó, sin embargo, si la víctima no tenía motivos para odiarme a mí. Raymond dijo que mi presencia en la playa era fruto de la casualidad. El fiscal le preguntó entonces cómo es que la carta que había dado origen a la tragedia la había escrito yo. Raymond contestó que era una casualidad. El fiscal le replicó que la casualidad tenía ya muchos desmanes sobre la conciencia en esta historia. Quiso saber si era por casualidad por lo que yo no había intervenido cuando Raymond abofeteó a su querida, por casualidad por lo que yo había actuado de testigo en comisaría y también por casualidad por lo que mis declaraciones en ese testimonio habían resultado de pura conveniencia. Para concluir, le preguntó a Raymond cuáles eran sus medios de existencia y, al responder este: «Mozo de almacén», el fiscal les dijo a los miembros del jurado que era público y notorio que el testigo ejercía el oficio de chulo. Yo era cómplice y amigo suyo. Se trataba de una tragedia sórdida de la peor especie, aún más grave por el hecho de que tenía que ver con alguien de moralidad monstruosa. Raymond quiso defenderse y mi abogado protestó, pero les dijeron que había que esperar hasta que el fiscal terminase. Este dijo: «Poco más tengo que añadir. ¿Era amigo suyo?», le preguntó a Raymond. «Sí –dijo este–. Amigo y compañero.» El fiscal me hizo entonces la misma pregunta. Contesté: «Sí». El fiscal se volvió entonces hacia el jurado y declaró: «El mismo hombre que, al día siguiente de la muerte de su madre, se entregaba al libertinaje más vergonzoso, mató por motivos fútiles y para zanjar un incalificable asunto de malas costumbres».

Entonces se sentó. Pero mi abogado, a quien se le había acabado la paciencia, exclamó, alzando los brazos de forma tal que las mangas, al volver a caer, dejaron al aire los pliegues de una camisa almidonada: «Pero vamos a ver, ¿lo acusa de haber enterrado a su madre o de haber matado a un hombre?». El público se rio. Pero el fiscal volvió a ponerse de pie, se envolvió en la toga y declaró que había que tener la ingenuidad del honorable defensor para no darse cuenta de que había entre esos dos órdenes de hechos una relación honda, patética y esencial. «Sí –exclamó con fuerza–, acuso a este hombre de haber enterrado a una madre con un corazón de criminal.» Esa declaración pareció impresionar mucho al público. Mi abogado se encogió de hombros y se secó el sudor que le cubría la frente. Pero él también parecía muy afectado y entendí que las cosas no me estaban yendo bien.

Se levantó la sesión. Al salir del palacio de justicia para subir al furgón, reconocí por un breve instante el olor y el color del atardecer de verano. En la oscuridad de mi cárcel con ruedas, recuperé, uno a uno, como desde lo hondo del cansancio, todos los ruidos familiares de una ciudad a la que le tenía cariño y de una hora determinada en la que a veces ocurría que me sentía contento. El pregón de los vendedores de periódicos en el aire ya distendido, los últimos pájaros en la glorieta, la llamada de los puestos de bocadillos, la queja de los tranvías en las elevadas revueltas de la ciudad y ese rumor del cielo antes de que la noche basculase en el puerto, todo eso volvía a componer para mí un itinerario de ciego que me era bien conocido antes de entrar en la cárcel. Sí, era la hora en que, hacía mucho tiempo, me notaba contento. Lo que me esperaba entonces siempre era un sueño poco profundo en el que no soñaba. Y, sin embargo, algo había cambiado; junto con la espera del día siguiente, lo que me encontré fue mi celda. Como si los caminos familiares trazados en los cielos de verano pudieran llevar tanto a las cárceles como a los sueños inocentes.

IV

Incluso en el banquillo de los acusados, siempre es interesante oír hablar de uno. Durante los alegatos del fiscal y de mi abogado puedo decir que se habló mucho de mí, y quizá más de mí que de mi crimen. Por lo demás, ¿eran tan diferentes esos alegatos? El abogado alzaba los brazos y alegaba que era culpable, pero con eximentes. El fiscal tendía las manos y denunciaba mi culpabilidad, pero sin eximentes. Había algo, sin embargo, que me molestaba un poco. Pese a mis preocupaciones, a veces sentía la tentación de intervenir, y entonces mi abogado me decía: «Cállese, será mejor para su caso». Hasta cierto punto, parecía que estaban tratando el caso dejándome a mí fuera. Todo transcurría sin mi intervención. Estaban decidiendo mi suerte sin pedirme mi opinión. De vez en cuando, me entraban ganas de interrumpir a todo el mundo y decir: «Pero, vamos a ver, ¿quién es el acusado? Tiene su importancia ser el acusado. ¡Y tengo algo que decir!». Pero, bien pensado, no tenía nada que decir. Por lo demás, debo reconocer que el interés que suscita que la gente se fije en uno no dura mucho. Por ejemplo, el alegato del fiscal me cansó enseguida. Fueron solo fragmentos, gestos o parrafadas enteras, pero aisladas del conjunto, lo que me llamó la atención o despertó mi interés.

Lo que pensaba él en el fondo, si es que lo entendí bien, es que yo había premeditado el crimen. Eso fue al menos lo que intentó demostrar. Como él mismo decía: «Lo probaré, señores, y lo haré por partida doble, primero con la cegadora claridad de los hechos y luego bajo la sombría luz que me proporcionará la psicología de esta alma criminal». Resumió los hechos a partir de la muerte de mamá. Recordó mi insensibilidad, el hecho de que no supiera la edad de mamá, el baño al día siguiente con una mujer, el cine, Fernandel y, por fin, el regreso a casa con Marie. Sobre la marcha, tardé un rato en entenderlo, porque decía «su querida», y para mí era Marie. Luego pasó a la historia de Raymond. Me pareció que a su forma de ver los acontecimientos no le faltaba claridad. Lo que decía era verosímil. Yo había escrito la carta de acuerdo con Raymond para atraer a su querida y someterla a los malos tratos de un hombre «de dudosa moralidad». Yo había provocado en la playa a los enemigos de Raymond. Este había resultado herido. Le pedí su pistola. Volví yo solo para usarlo. Maté al árabe como lo tenía pensado. Esperé. Y «para tener la seguridad de que había cumplido bien con la tarea» disparé otras cuatro balas, con calma, sobre seguro, de una forma meditada, como quien dice.

«Así fueron las cosas, señores –dijo el fiscal–. He reproducido ante ustedes la secuencia de acontecimientos que llevó a este hombre a matar con total conocimiento de causa. Insisto en esto –dijo–. Pues no se trata de un asesinato corriente, de un acto irreflexivo que podrían ustedes considerar que las circunstancias atenuaron. Este hombre, señores, este hombre es inteligente. Lo han oído contestar, ¿verdad? Sabe contestar. Conoce el valor de las palabras. Y no puede decirse que actuara sin darse cuenta de lo que estaba haciendo.»

Yo escuchaba, y oía que me consideraban inteligente. Pero no entendía bien cómo las cualidades de un hombre corriente podían convertirse en cargos apabullantes contra un culpable. Al menos, eso era lo que me llamaba la atención, y dejé de escuchar al fiscal hasta el momento en que lo oí decir: «¿Mostró al menos algún arrepentimiento? Nunca, señores. Ni una vez durante la instrucción pareció este hombre inmutarse ante su abominable fechoría». En ese momento se volvió hacia mí y me señaló con el dedo sin dejar de acusarme, aunque yo realmente no entendía bien por qué. Desde luego, no podía por menos de reconocer que tenía razón. No me arrepentía gran cosa de mi acción. Pero tanto ensañamiento me extrañaba. Me habría gustado poder explicarle cordialmente, casi con afecto, que nunca había podido arrepentirme de verdad de algo. Siempre me tenía atrapado lo que iba a ocurrir, me tenían atrapado el hoy o el mañana. Pero, por supuesto, en la situación en que me habían colocado, no podía hablarle a nadie en ese tono. No tenía derecho a mostrarme afectuoso, a mostrar buena voluntad. E intenté seguir escuchando porque el fiscal empezó a hablar de mi alma.

Decía que se había parado a mirarla y que no había encontrado nada, señores del jurado. Decía que lo cierto es que no tenía alma y que nada humano, ni uno de los principios éticos que custodian el corazón de los hombres, estaba a mi alcance. «Desde luego –añadía–, no se nos ocurriría reprochárselo. No podemos quejarnos de que carezca de aquello que es incapaz de adquirir. Pero, por lo que a este tribunal se refiere, la virtud completamente negativa de la tolerancia debe trocarse en esa, menos fácil, pero más elevada, de la justicia. Sobre todo cuando el vacío del corazón, tal y como lo descubrimos en este hombre, se convierte en un abismo en el que la sociedad puede sucumbir.» Fue entonces cuando habló de mi comportamiento con mamá. Repitió lo que había dicho durante la audiencia. Pero se extendió mucho más que cuando hablaba de mi crimen, tanto que al final solo noté ya el calor de la mañana. Al menos hasta el momento en que el fiscal se calló y, tras un instante de silencio, prosiguió con una voz muy baja y muy convencida: «Este mismo tribunal, señores, va a juzgar mañana la más abominable de las fechorías: el asesinato de un padre». Según él, un hombre que mataba moralmente a su madre se segregaba de la sociedad de los hombres tanto como el que ponía una mano asesina en el autor de sus días. En cualquier caso, aquel preparaba los hechos de este, los anunciaba, como quien dice, y los legitimaba. «Estoy convencido, señores –añadió, alzando la voz–, de que no les parecerá demasiado atrevida mi forma de pensar si digo que el hombre que está sentado en el banquillo es culpable también del crimen que este tribunal tendrá que juzgar mañana. Debe recibir el castigo acorde con él.» Al llegar aquí, el fiscal se secó la cara reluciente de sudor.

Dijo por fin que su deber era doloroso, pero que lo cumpliría con firmeza. Declaró que yo no pintaba nada en una sociedad cuyas normas más esenciales ignoraba y que no podía apelar a ese corazón humano cuyas reacciones elementales yo desconocía. «Les pido la cabeza de este hombre –dijo– y no me pesa pedírsela. Pues, aunque he solicitado durante mi ya larga carrera penas capitales, nunca he sentido como hoy este penoso deber tan compensado, equilibrado e iluminado por la conciencia de un mandato imperioso y sagrado y por el espanto que siento ante un rostro de hombre en el que no leo nada que no sea monstruoso.»

Cuando el fiscal volvió a sentarse hubo un rato de silencio bastante largo. Yo estaba aturdido de calor y de asombro. El presidente tosió un poco y, en un tono muy bajo, me preguntó si no tenía nada que añadir. Me puse de pie y, como me apetecía hablar, dije, un tanto al buen tuntún por lo demás, que no había tenido intención de matar al árabe. El presidente contestó que se trataba de una afirmación, que hasta el momento no acababa de entender mi sistema de defensa y que le gustaría, antes de oír a mi abogado, hacerme concretar los motivos que habían inspirado mi acción. Dije deprisa, mezclando un poco las palabras y dándome cuenta de que estaba haciendo el ridículo, que había sido por culpa del sol. Hubo risas en la sala. Mi abogado se encogió de hombros e inmediatamente después le dieron la palabra. Pero dijo que era tarde, que iba a necesitar varias horas y que pedía que se aplazase la sesión hasta después de comer. El tribunal accedió.

Por la tarde, los grandes ventiladores seguían batiendo el aire denso de la sala y los pequeños paipáis multicolores de los miembros del jurado se movían todos en la misma dirección. El alegato de mi abogado me parecía que no iba a terminar nunca. En un momento dado, sin embargo, presté atención, porque estaba diciendo: «Es cierto que he matado». Luego siguió en ese tono, y decía «yo» cada vez que hablaba de mí. Me sorprendió mucho. Me incliné hacia un gendarme y le pregunté por qué. Me dijo que me callara y, al cabo, añadió: «Todos los abogados lo hacen». Pensé que era una forma de seguir apartándome del caso, de reducirme a cero y, en cierto sentido, de ocupar mi lugar. Pero creo que me hallaba ya muy lejos de esta sala de audiencias. Por lo demás, mi abogado me pareció ridículo. Alegó muy deprisa provocación y luego él también habló de mi alma. Pero me pareció que tenía mucho menos talento que el fiscal. «Yo también –dijo– me he parado a mirar esta alma, pero, contrariamente al ilustre representante del ministerio público, sí he hallado algo, y puedo decir que he leído en ella como en un libro abierto.» Había leído que yo era un hombre honrado, un trabajador asiduo, incansable, fiel a la casa que me empleaba, querido de todos y compasivo con las desventuras de los demás. Para él era un hijo modélico que había atendido a su madre tanto tiempo como le había resultado posible. Finalmente había pensado que una casa de retiro le proporcionaría a la anciana las comodidades que mis medios no me permitían darle. «Me extraña, señores –añadió–, que se haya armado tanto jaleo con ese asilo. Pues, vamos a ver, si hubiera que dar una prueba de la utilidad y de la grandeza de esas instituciones, no quedaría más remedio que decir que es el propio Estado quien las subvenciona.» Solo que no habló del entierro y sentí que era algo que faltaba en su alegato. Pero por culpa de todas esas frases tan largas, de todos esos días y esas horas interminables durante las que habían hablado de mi alma, tuve la impresión de que todo se convertía como en un agua incolora que me daba vértigo.

Al final, solo me acuerdo de que, desde la calle y cruzando todo el espacio de las estancias y de las salas de audiencia, mientras mi abogado seguía hablando, sonó la corneta de un vendedor de helados y me llegó su sonido. Me asaltaron recuerdos de una vida que ya no me pertenecía, pero en la que había hallado mis más modestas y tenaces alegrías: olores de verano, el barrio con el que estaba encariñado, determinado cielo de la tarde, la risa y los vestidos de Marie. Todas las cosas inútiles que estaba haciendo en este lugar se me subieron a la garganta y ya no tuve sino una prisa: que todo acabase y volver a mi celda y al sueño. Apenas oí a mi abogado exclamar, a modo de conclusión, que los miembros del jurado no querrían enviar a la muerte a un trabajador honrado que se había perdido por un minuto de extravío, y pedir circunstancias atenuantes para un crimen por el que yo ya llevaba a rastras, como el más seguro de los castigos, un eterno remordimiento. El tribunal suspendió la sesión y el abogado se sentó con aspecto exhausto. Pero sus colegas acudieron para estrecharle la mano. Oí: «Magnífico, querido amigo». Uno de ellos me puso incluso por testigo: «¿Eh?», me dijo. Asentí, pero mi elogio no era sincero porque estaba demasiado cansado.

Sin embargo, la tarde iba cayendo fuera y el calor era menos fuerte. Por los pocos ruidos de la calle que oía, intuía la suavidad del atardecer. Allí estábamos todos esperando. Y lo que esperábamos juntos solo tenía que ver conmigo. Volví a mirar la sala. Todo estaba en el mismo estado que el primer día. Me topé con la mirada del periodista de la chaqueta gris y de la mujer autómata. Eso me hizo pensar que no había buscado a Marie con la mirada durante todo el juicio. No me había olvidado de ella, pero tenía demasiado que hacer. La vi entre Céleste y Raymond. Me hizo una señal discreta, como si dijera: «Ya era hora», y le vi la cara un poco ansiosa que sonreía. Pero me notaba el corazón cerrado y ni siquiera pude responder a su sonrisa.

Regresó el tribunal. Enseguida les leyeron a los miembros del jurado una serie de preguntas. Oí «culpable de asesinato»... «premeditación»... «circunstancias atenuantes». Los miembros del jurado salieron y me llevaron al cuartito donde ya había estado esperando antes. Mi abogado vino a reunirse conmigo; estaba muy locuaz y me habló con más confianza y cordialidad de las que había mostrado nunca. Pensaba que todo iba a ir bien y que saldría del paso con unos cuantos años de cárcel o de presidio. Le pregunté si había posibilidad de apelación si el veredicto era adverso. Me dijo que no. Su táctica había sido no presentar conclusiones para no indisponer al jurado. Me explicó que no se revoca una sentencia así, por las buenas. Me pareció evidente y me rendí a sus razones. Si se consideraba fríamente el asunto, era de lo más natural. En caso contrario habría demasiado papeleo inútil. «De todas formas –me dijo mi abogado–, queda el recurso. Pero estoy convencido de que el resultado va a ser favorable.»

Estuvimos esperando mucho rato, casi tres cuartos de hora, creo. Al cabo de ese tiempo sonó un timbre. Mi abogado me dejó, diciendo: «El presidente del jurado va a leer las respuestas. Lo harán entrar para oír la sentencia». Hubo portazos. Había gente corriendo por escaleras que yo no sabía si estaban cerca o lejos. Luego oí una voz sorda que leía algo en la sala; cuando volvió a sonar el timbre y se abrió la puerta del banquillo de los acusados, fue el silencio de la sala lo que me salió al encuentro, el silencio y esa singular sensación que tuve cuando comprobé que el periodista joven había desviado la vista. No miré adonde estaba Marie. No me dio tiempo porque el presidente me dijo de una forma rara que me decapitarían en una plaza pública en nombre del pueblo francés. Me pareció entonces reconocer el sentimiento que leía en todos los rostros. Estoy convencido de que era consideración. Los gendarmes eran muy amables conmigo. El abogado me puso la mano en la muñeca. Yo no pensaba ya en nada. Pero el presidente me preguntó si no tenía nada que añadir. Pensé. Dije: «No». Entonces fue cuando se me llevaron.

V

Por tercera vez me he negado a recibir al capellán. No tengo nada que decirle, no tengo ganas de hablar, demasiado pronto voy a tener que verlo. Lo que me interesa en este momento es librarme del mecanismo, saber si puede haber una escapatoria para lo inevitable. Me han cambiado de celda. Desde esta, cuando estoy echado, veo el cielo y solo veo cielo. Se me pasan los días mirando en su rostro el declinar de los colores que lleva al día hacia la noche. Acostado, me pongo las manos detrás de la cabeza y espero. No sé cuántas veces me he preguntado si existían ejemplos de condenados a muerte que se hubieran librado de la maquinaria implacable, desaparecido antes de la ejecución, roto los cordones policiales. Me arrepentía entonces de no haberme interesado lo suficiente por los relatos de ejecuciones. A uno deberían interesarle siempre esos temas. Nunca se sabe lo que puede pasar. Como todo el mundo, había leído reseñas en los periódicos. Pero seguramente había obras especializadas que yo no había tenido nunca la curiosidad de consultar. En ellas habría encontrado a lo mejor relatos de evasiones. Me habría enterado de que en un caso al menos la rueda se había detenido, de que, en esa premeditación irresistible, el azar y la suerte habían cambiado algo una única vez. ¡Una única vez! En cierto sentido creo que con eso me habría bastado. Mi corazón habría hecho el resto. Los periódicos hablaban a menudo de una deuda que se le debía a la sociedad. Según ellos, había que pagarla. Pero eso no es algo que estimule la imaginación. Lo que contaba era una posibilidad de evasión, un salto fuera del rito implacable, una carrera a la locura que brindase todas las oportunidades de la esperanza. La esperanza, por supuesto, era que lo matasen a uno al volver una esquina, en plena carrera y con una bala disparada al aire. Pero, pensándolo bien, nada me permitía ese lujo, todo me lo prohibía, la maquinaria volvía a atraparme.

Pese a mi buena voluntad, no podía aceptar esa certidumbre insolente. Porque, vamos a ver, había una desproporción ridícula entre la sentencia en que se basaba y su desarrollo imperturbable a partir del momento en el que se había dictado esa sentencia. El hecho de que la sentencia se hubiera leído a las ocho de la tarde y no a las cinco, el hecho de que habría podido ser por completo diferente, que la habían decidido unos hombres que se mudan de ropa interior, que la acreditaba una noción tan imprecisa como el pueblo francés (o alemán, o chino), me parecía que todo eso le quitaba mucha seriedad a una decisión así. Sin embargo, no me quedaba más remedio que reconocer que, desde el mismísimo segundo en que la habían tomado, sus resultados se convertían en algo tan seguro y tan serio como la presencia de esta pared a lo largo de la cual arrimaba el cuerpo.

Me acordé en esos momentos de una historia que me contaba mamá acerca de mi padre. No lo conocí. Lo único concreto que sabía de ese hombre era quizá lo que me decía entonces mamá: había ido a ver cómo ejecutaban a un asesino. Lo ponía malo pensar en ir. Fue, sin embargo, y al volver se pasó parte de la mañana vomitando. Mi padre me daba un poco de asco por entonces. ¡Ahora lo entendía, era tan natural! ¡Cómo no había visto yo que no había nada más importante que la ejecución de una pena capital y que, en resumidas cuentas, era la única cosa realmente interesante para un hombre! Si por ventura salía de esta cárcel, iría a ver todas las ejecuciones. Creo que hacía mal en pensar en esa posibilidad. Pues ante la idea de verme libre una madrugada detrás de un cordón policial, del otro lado, como quien dice, ante la idea de ser el espectador que va a ver y que podrá vomitar luego, una oleada de alegría emponzoñada me subía hasta el corazón. Pero no era algo sensato. Hacía mal al ceder a esas suposiciones porque al momento siguiente tenía un frío tan espantoso que me hacía un ovillo bajo la manta. Me castañeteaban los dientes sin poderlo remediar.

Pero, por supuesto, no se puede ser continuamente sensato. En otras ocasiones, por ejemplo, hacía proyectos de ley. Reformaba las penas. Me había fijado en que lo esencial era darle una oportunidad al condenado. Una de mil bastaba para remediar muchas cosas. Me parecía, por ejemplo, que se podía dar con una combinación química cuya absorción mataría al paciente (pensaba: el paciente) nueve veces de cada diez. Él lo sabría, esa era la condición. Pues, pensándolo bien, al considerar las cosas con calma, comprobaba que la parte defectuosa en lo de la cuchilla era que no había ninguna oportunidad, ninguna en absoluto. De una vez por todas, en resumidas cuentas, había quedado zanjada la muerte del paciente. Era un caso cerrado, una combinación definitiva, un acuerdo decidido y que no había ni que pensar en replantearse. Si, de forma excepcional, fallaba el golpe, se volvía a empezar. En consecuencia, lo fastidioso era que el condenado debía desear que la máquina funcionase bien. Digo que esa es la parte defectuosa. Y, en cierto sentido, es verdad. Pero, en otro, no me quedaba más remedio que reconocer que ahí residía todo el secreto de una buena organización. En resumidas cuentas, el condenado se veía en la obligación de colaborar moralmente. A él le interesaba que todo funcionase sin contratiempos.

No me quedaba más remedio que constatar también que hasta ahora había tenido sobre estas cuestiones ideas que no eran correctas. Creí durante mucho tiempo –y no sé por qué– que para ir a la guillotina había que subir a un patíbulo, por unos escalones. Creo que era por culpa de la Revolución francesa de 1789, quiero decir por culpa de todo lo que me habían enseñado o mostrado acerca de esas cuestiones. Pero una mañana me acordé de una foto que habían publicado los periódicos con motivo de una ejecución muy sonada. En realidad, la máquina estaba colocada directamente en el suelo, sin más. Era mucho más estrecha de lo que yo creía. Era bastante curioso que no hubiera caído en la cuenta antes. Esa máquina, en la foto, me había llamado la atención por su aspecto de obra de precisión, bien acabada y reluciente. Siempre nos hacemos ideas exageradas de las cosas que no conocemos. Antes bien, tenía que constatar que todo era sencillo: la máquina está al mismo nivel que el hombre que se le acerca a pie. Llega hasta ella igual que se camina al encuentro de una persona. Eso también era un fastidio. A la subida al patíbulo, a la ascensión a cielo abierto, la imaginación podía encontrarle algo atractivo. Mientras que, también en esto, la maquinaria arrasaba con todo: lo mataban a uno discretamente, con cierta vergüenza y mucha precisión.

Había también dos cosas en las que pensaba continuamente: el amanecer y mi recurso. Me daba buenas razones, sin embargo, e intentaba dejar de pensar en ello. Me tumbaba, miraba el cielo, me esforzaba por fijarme en él. Se ponía verde, llegaba el atardecer. Volvía a hacer un esfuerzo para desviar el curso de los pensamientos. Escuchaba mi corazón. No podía imaginarme que ese ruido que me llevaba acompañando tanto tiempo pudiera pararse nunca. No tuve nunca imaginación de verdad. Intentaba sin embargo concebir un segundo concreto en que el latido de este corazón no siguiera en mi cabeza. Pero en vano. Ahí estaban el amanecer o mi recurso. Acababa por decirme que lo más sensato era no forzarme.

Al amanecer era cuando venían, lo sabía. En resumidas cuentas, dediqué las noches a esperar ese amanecer. Nunca me ha gustado que me pillen por sorpresa. Cuando me ocurre algo, prefiero estar presente.

Por eso acabé por no dormir más que un poco durante el día y pasarme toda la noche esperando pacientemente que naciera la luz en el cristal del cielo. La más difícil era esa hora imprecisa en que sabía que solían actuar. Pasada la medianoche, esperaba y acechaba. Nunca había captado mi oído tantos ruidos ni diferenciado sonidos tan tenues. Puedo decir, por lo demás, que, hasta cierto punto, tuve suerte durante toda esa temporada, porque nunca oí pasos. Mamá decía a menudo que nunca se es desdichado del todo. Le daba la razón en la cárcel cuando el cielo cobraba color y un nuevo día se colaba en mi celda. Porque también podría haber oído pasos y habría podido estallarme el corazón. Aunque con el mínimo roce me abalanzase hacia la puerta, aunque, pegando el oído a la madera, esperase trastornado hasta que oía mi propia respiración, asustado al notarla tan ronca y tan parecida al estertor de un perro, a fin de cuentas el corazón no me estallaba y había vuelto a ganar veinticuatro horas.

Durante el día, estaba mi recurso. Creo que le saqué el mayor partido posible a esa idea. Calculaba mis golpes de efecto y les sacaba a mis reflexiones el mejor rendimiento. Siempre partía de la peor suposición: rechazaban mi recurso. «Bueno, pues me moriré.» Antes que otros, estaba claro. Pero todo el mundo sabe que la vida no vale la pena vivirla. En el fondo, no ignoraba que poco importa morir a los treinta años o a los setenta puesto que, naturalmente, en ambos casos, otros hombres y otras mujeres vivirán, y así durante miles de años. No había nada más claro, en definitiva. Quien se moría era siempre yo, ya fuese ahora o dentro de veinte años. En ese momento, lo que me molestaba un poco en mi razonamiento era ese brinco terrible que notaba por dentro al pensar en veinte años de vida por delante. Pero me bastaba con ahogarlo al imaginar cómo serían mis pensamientos dentro de veinte años, cuando tuviera, pese a todo, que llegar al mismo punto. Puesto que nos morimos, poco importa cómo y cuándo, estaba claro. Así pues (y lo difícil era no perder de vista la cantidad de razonamientos que representaba ese «así pues»), así pues, tenía que aceptar que rechazasen el recurso.

En ese momento, solo en ese momento, tenía, por así decirlo, derecho, me concedía en cierto modo permiso, para llegar a la segunda hipótesis: me indultaban. Lo fastidioso era que había que tornar menos fogoso ese arrebato de la sangre y del cuerpo que me escocía en los ojos con una alegría insensata. Tenía que aplicarme en atenuar ese grito, en hacerlo entrar en razón. Tenía que comportarme con naturalidad incluso en esa hipótesis para que resultase más verosímil mi resignación en la primera. Cuando lo conseguía, había ganado una hora de tranquilidad. Y eso, pese a todo, era algo que merecía la pena tener en cuenta.

En un momento así fue cuando me negué una vez más a recibir al capellán. Estaba echado e intuía que se acercaba el atardecer de verano por cierto color rubio del cielo. Acababa de rechazar mi recurso y podía notar cómo la sangre me recorría el cuerpo con ondas regulares. No necesitaba ver al capellán. Por primera vez desde hacía mucho pensé en Marie. Hacía muchos días que había dejado de escribirme. Ese atardecer pensé y me dije que a lo mejor se había cansado de ser la amante de un condenado a muerte. Se me ocurrió también que podía a lo mejor estar enferma o haberse muerto. Entraba dentro de lo posible. ¿Cómo iba a saberlo, puesto que, aparte de nuestros dos cuerpos, ahora separados, nada nos unía ni nos recordaba el uno al otro? A partir de ese momento, por lo demás, el recuerdo de Marie me habría resultado indiferente. Muerta ya no me interesaba. Me parecía lo normal, de la misma forma que entendía perfectamente que la gente se olvidase de mí después de muerto. Ya no tenían nada que hacer conmigo. Ni siquiera podía decir que resultase duro pensarlo.

Fue en ese preciso instante cuando entró el capellán. Cuando lo vi me dio un leve escalofrío. Se dio cuenta y me dijo que no tuviera miedo. Le dije que solía presentarse en un momento diferente. Me dijo que se trataba de una visita puramente amistosa que no tenía nada que ver con mi recurso, del que no sabía nada. Se sentó en mi litera y me invitó a ponerme a su lado. Me negué. Aunque, pese a todo, su expresión me pareció muy dulce.

Se quedó un rato sentado, con los antebrazos en las rodillas y la cabeza gacha, mirándose las manos. Eran finas y musculosas, me recordaban a dos animales ágiles. Se las frotó despacio, una con otra. Luego se quedó así, con la cabeza gacha aún, durante tanto rato que tuve la impresión, por un momento, de haberme olvidado de él.

Pero alzó bruscamente la cabeza y me miró de frente: «¿Por qué –me dijo– rechaza mis visitas?». Contesté que no creía en Dios. Quiso saber si estaba completamente seguro y le dije que yo no precisaba preguntármelo: me parecía un asunto sin importancia. Entonces se echó hacia atrás y apoyó la espalda en la pared y las palmas en los muslos. Comentó, aunque casi no parecía hablarme a mí, que a veces uno se creía seguro y no lo estaba. Yo no decía nada. Me miró y me preguntó: «¿A usted qué le parece?». Contesté que era posible. En cualquier caso, puede que no estuviera seguro de qué me interesaba de verdad, pero estaba completamente seguro de lo que no me interesaba. Y precisamente eso de lo que me estaba hablando no me interesaba.

Desvió la vista y, siempre sin cambiar de postura, me preguntó si no hablaba así por exceso de desesperación. Le expliqué que no estaba desesperado. Solo tenía miedo, era de lo más natural. «Dios lo ayudaría entonces –comentó–. Todos aquellos a quienes he conocido en un caso como el suyo se volvían hacia él.» Reconocí que estaban en su derecho. Eso demostraba también que no estaban escasos de tiempo. En cuanto a mí, no quería que me ayudasen y, precisamente, no me sobraba tiempo para prestarle interés a lo que no me interesaba.

En ese momento hizo con las manos un ademán irritado, pero se enderezó y se arregló los pliegues de la sotana. Al acabar, se dirigió a mí llamándome «amigo mío»: si me hablaba así no era porque estuviera condenado a muerte; en su opinión todos estábamos condenados a muerte. Pero lo interrumpí diciéndole que no era lo mismo y que, por lo demás, eso no podía ser de ninguna manera un consuelo. «Desde luego –asintió–. Pero morirá más adelante si no muere hoy. La misma cuestión se planteará entonces. ¿Cómo afrontará esa terrible prueba?» Le contesté que la afrontaría exactamente igual que la afrontaba ahora mismo.

Se levantó al oír eso y me miró de frente, a los ojos. Es un juego que yo conocía bien. Me entretenía con él muchas veces, con Emmanuel o con Céleste, y, por lo general, ellos bajaban los ojos. El capellán también conocía bien ese juego, me di cuenta enseguida: no le temblaba la mirada. Ni tampoco le tembló la voz cuando me dijo: «¿No tiene usted, pues, ninguna esperanza y vive con el pensamiento de que morirá del todo?». «Sí», le contesté.

Entonces agachó la cabeza y se volvió a sentar. Me dijo que me compadecía. Le parecía imposible que un hombre pudiera soportar algo así. Yo solo sentí que estaba empezando a aburrirme. Ahora fui yo quien se volvió, y me fui debajo del tragaluz. Me apoyaba con el hombro contra la pared. Sin hacerle mucho caso, oí que volvía a hacerme preguntas. Hablaba con voz intranquila y acuciante. Comprendí que estaba emocionado y le presté más atención.

Decía que estaba seguro de que iban a aceptarme el recurso, pero cargaba con el peso de un pecado del que tenía que librarme. Según él, la justicia de los hombres no era nada y la de Dios lo era todo. Repliqué que era aquella la que me había condenado. Me contestó que no por eso había lavado mi pecado. Le dije que no sabía qué era un pecado. Lo único que me habían dicho es que era culpable. Era culpable, pagaba, no se me podía pedir nada más. En ese momento volvió a ponerse de pie y pensé que en esta celda tan estrecha, si quería moverse, no tenía elección. Tenía que sentarse o que ponerse de pie.

Yo tenía los ojos clavados en el suelo. Dio un paso hacia mí y se detuvo, como si no se atreviera a acercarse. Miraba el cielo por los barrotes. «Se equivoca, hijo mío –me dijo–. Se le podría pedir más. A lo mejor se lo piden.» «¿Qué?» «Le podrían pedir que viera.» «¿Ver qué?»

El sacerdote miró entonces a su alrededor y contestó con una voz que de repente me pareció muy cansada: «Todas estas piedras exudan dolor, lo sé. Nunca las he mirado sin angustia. Pero, desde lo más hondo del corazón, sé que los presos más míseros han visto surgir de la oscuridad un rostro divino. Es ese rostro lo que le piden que vea».

Me entoné un poco. Dije que llevaba meses mirando esas paredes. No había nada ni nadie que conociera mejor en el mundo. Quizá, hace mucho tiempo, había buscado en ellas un rostro. Pero ese rostro tenía el color del sol y la llama del deseo, era el de Marie. Lo había buscado inútilmente. Pero ya se acabó. Y, en cualquier caso, no había visto surgir nada de ese sudor de la piedra.

El capellán me miró como con tristeza. Yo tenía ahora la espalda totalmente apoyada en la pared y la luz me corría por la frente. Dijo unas cuantas palabras que no oí y me preguntó muy deprisa si le permitía abrazarme. «No», contesté. Se dio media vuelta y anduvo hacia la pared, por la que pasó la mano despacio. «¿Tanto quiere usted esta tierra?», susurró. No contesté.

Se quedó bastante rato de espaldas. Su presencia me cansaba y me irritaba. Iba a decirle que se fuera, cuando exclamó de pronto, en una especie de arranque, volviéndose hacia mí: «No, no puedo creerlo a usted. Estoy seguro de que alguna vez ha deseado otra vida». Le contesté que por supuesto, pero que era algo que no tenía mayor importancia que desear ser rico, nadar muy deprisa o tener una boca más bonita. Eran el mismo tipo de cosas. Pero me interrumpió y quería saber cómo veía yo esa otra vida. Entonces le grité: «Una vida en que pudiera acordarme de esta», y acto seguido le dije que estaba harto. Quería seguir hablándome de Dios, pero me acerqué e intenté explicarle por última vez que me quedaba poco tiempo. No quería desperdiciarlo con Dios. Intentó cambiar de tema preguntándome por qué lo llamaba «señor» y no «padre». Me irritó y le contesté que no era mi padre: estaba de parte de los demás.

«No, hijo mío –dijo, poniéndome la mano en el hombro–. Estoy de su parte, pero no puede saberlo porque tiene un corazón ciego. Rezaré por usted.»

Entonces, no sé por qué, algo me reventó por dentro. Empecé a berrear a voz en grito y lo insulté y le dije que no rezase. Lo había agarrado por el cuello de la sotana. Le volcaba encima todo cuanto tenía en el corazón con botes de alegría y de ira entremezcladas. Parecía tener tantas certezas, ¿verdad? Y, sin embargo, ninguna de esas certezas valía lo que un pelo de mujer. Ni siquiera tenía certeza de estar vivo, ya que vivía como un muerto. Yo parecía que tenía las manos vacías. Pero estaba seguro de mí, seguro de todo, más seguro que él, seguro de mi vida y de esta muerte que iba a llegar. Sí, solo tenía eso. Pero al menos tenía asida la verdad de la misma forma que la verdad me tenía asido a mí. Había tenido razón, seguía teniendo razón, siempre tenía razón. Había vivido de esta forma y habría podido vivir de otra. Había hecho esto y no había hecho aquello. No había hecho tal cosa, pero sí había hecho tal otra. ¿Y qué? Era como si llevase todo aquel tiempo esperando este minuto y esas claras del alba que me justificarían. Nada, nada tenía importancia y sabía muy bien por qué. Él también sabía por qué. Desde lo más remoto de mi porvenir, durante toda esta vida absurda que había llevado, una ráfaga oscura subía hacia mí cruzando por los años que aún no habían llegado y esa ráfaga igualaba a su paso todo cuanto me proponían ahora en los años, no menos irreales, que vivía. ¿Qué más me daban la muerte de los demás, el amor de una madre, qué me importaban su Dios, las vidas que se escogen, los destinos que se eligen, puesto que un único destino debía elegirme a mí y, conmigo, a miles de millones de privilegiados que, como él, decían que eran hermanos míos? ¿Lo entendía? ¿Lo entendía de una vez? Todo el mundo era privilegiado. Solo había privilegiados. A los demás también los condenarían un día. A él también lo condenarían. ¿Qué más daba si, acusado de asesinato, lo ejecutaban un día por no haber llorado en el entierro de su madre? El perro de Salamano valía tanto como su mujer. La mujercita automática era tan culpable como la parisina con la que se había casado Masson o como Marie, que quería que me casase con ella. ¿Qué importaba que Raymond fuera amigo mío tanto como lo era Céleste, que valía más que él? ¿Qué importaba que Marie le estuviera entregando hoy su boca a otro Meursault? ¿Entendía o no a ese otro condenado, y que desde lo más remoto de mi porvenir…? Me ahogaba gritando todo esto. Pero ya me estaban quitando al capellán de las manos y los carceleros me amenazaban. Él, sin embargo, los tranquilizó y se quedó un momento mirándome en silencio. Tenía los ojos llenos de lágrimas. Se dio media vuelta y desapareció.

Cuando se hubo marchado, recobré la calma. Estaba exhausto y me tiré en la litera. Creo que dormí, porque me desperté con estrellas en la cara. Ruidos de campo subían hasta mí. Olores de noche, de tierra y de sal me refrescaban las sienes. La maravillosa paz de este verano dormido penetraba en mí como una marea. En ese momento, y en las lindes de la noche, ulularon unas sirenas. Anunciaban salidas hacia un mundo que ahora me era indiferente para siempre. Por primera vez, desde hacía mucho, me acordé de mamá. Me pareció que entendía por qué, al final de la vida, se había «echado novio», por qué había jugado a volver a empezar. Allí, allí también, alrededor de ese asilo en el que unas vidas se apagaban, el atardecer era como una tregua melancólica. Tan cerca de la muerte, mamá debía de sentirse entonces liberada y dispuesta a volver a vivirlo todo. Nadie, nadie tenía derecho a llorar por ella. Y yo también me sentí dispuesto a volver a vivirlo todo. Como si aquella gran ira me hubiera purgado del mal y vaciado de esperanza, ante esta noche cargada de señales y de estrellas me abría por primera vez a la tierna indiferencia del mundo. Al sentirlo tan semejante a mí mismo, tan fraternal por fin, noté que había sido feliz y que seguía siéndolo. Para que todo se consumara, para que me sintiera menos solo, me quedaba por desear que el día de mi ejecución hubiera muchos espectadores y que me recibieran con gritos de odio.